AF143423

LA CHUTE DE LA LUNE

© 2021, Monco, Romain
Edition : Books on Demand,
12/14 rond-Point des Champs-Elysées, 75008 Paris
Impression : BoD - Books on Demand, Norderstedt, Allemagne
ISBN : 9782322267576
Dépôt légal : mars 2021

Loi n°49-956 du 16 juillet 1949 sur les publications destinées à la jeunesse,
modifiée par la loi n°2011-525 du 17 mai 2011.

Prologue

« Que m'arrive t-il ? Je...je ne sens plus mes jambes...mes paupières, elles sont...si lourdes...

-Violette ! Violette ! Ouvre les yeux ! Anna, tu peux la sauver ?!

-Elle craint que ce soit insuffisant, Anna n'est pas préparée à guérir une telle blessure...

-Vite ! Il faut la sauver !

-Calme toi Hélios. Ça ne sert à rien .

-Elle est de plus en plus froide Violette...Viol...ette... »

Les voix devenaient de plus en plus lointaines et effacées. Violette était perdue dans ses pensées.

C'est malin, finalement, je ne reverrai jamais mes parents qui m'attendent, ma grand-mère...mes amis aussi ; j'aurais tellement voulu les sauver...

Mais c'est trop tard, j'ai échoué, et à cause de moi, la lune va s'écraser...Désolée Hélios, Anna, tout le monde...désolée de ne pas avoir pu empêcher ce désastre.

Une semaine auparavant :

5

La nuit était tombée maintenant depuis bien longtemps. Violette se releva et elle surprit une conversation de ses parents.

« Tu es sûr de toi ?! » demanda une voix féminine, inquiète.

Violette, interpellée par le haussement de voix de sa mère, se rapprocha de la porte de la salle à manger pour pouvoir mieux entendre.

« Oui c'est sûr, dit son père, le monde tel que nous le connaissons va disparaître.

-Mais, si la lune s'écrase dans quelques semaines, cela veut dire que... », elle éclata en sanglots. Son mari la consola tant bien que mal.

De l'autre côté de la porte, Violette aurait, elle aussi, voulu être consolée.

Elle était chamboulée, à tel point qu'elle en resta de marbre au moins quinze bonnes minutes.

Qu'est-ce que cela voulait-il bien dire ? Est-ce que la lune allait vraiment s'écraser ? Dans combien de temps ? Comment était-ce possible ? Autant de questions dans la tête de la jeune adolescente qui se bousculaient les une contre les autres.

Sous le choc, même son corps ne savait pas comment réagir à la nouvelle. Fallait-il en rire, en pleurer, s'écrouler ?

Finalement, c'est d'un air las et livide qu'elle alla se recoucher, comme si elle n'éprouvait plus d'émotions.

Quelques jours plus tard, ses parents avaient décidé de partir en vacances chez la grand-mère de Violette. Elle vivait à des centaines de kilomètres dans un endroit assez isolé. Violette était heureuse de revoir sa grand-mère, mais restait anxieuse à l'idée que la lune ne s'écroule sur eux !

Ne pouvait-on vraiment rien y faire ?

Chapitre 1

Après des heures et des heures de route, le trajet touchait à sa fin. Depuis la fenêtre de la voiture, on pouvait voir au loin une maison qui trônait sur une colline. La route zigzaguait, Violette détestait cette route car elle avait le mal des transports. Avec le soir qui commençait à tomber, cette maison, rosée d'ordinaire, réfléchissait cette lumière douce du crépuscule, faisant rayonner celle-ci, sa véranda devenant éblouissante. Puis, la route tournait encore et on ne la voyait plus, masquée par des arbres d'un feuillage vert, faisant passer quelque peu la lumière.

Quand enfin ce virage interminable sous les arbres prit fin, on arrivait sur un village où l'on distinguait quelques maisons à flan de colline, une place dont les routes étaient pavées et quelques maisons mitoyennes découpant ainsi les quelques ruelles .

Le ciel était rosé, arborant ici et là quelques nuages dorés. Quand enfin la voiture s'arrêta pour de bon, Violette en sortit certes nauséeuse mais contente. Enfin terminé ! Il faut dire que, depuis l'aéroport, la route n'avait jamais été droite et le trajet durait au moins trois heures !

Heureusement, mamie était toujours là pour rattraper le coup ! Comme d'habitude, elle les accueillit le sourire aux lèvres, avec une bonne soupe qui mijotait dans la cuisine. Et cette soupe là, agrémentée de feuilles de chou, haricots rouges était la meilleure chose que l'on pouvait manger après un si long trajet. Ensuite, après avoir fait le plein d'énergie, on monta les affaires dans les chambres au premier étage et on s'y installa.

Après une bonne soirée à jouer aux cartes, Violette remonta se coucher. Elle s'affala plus exactement sur ce grand lit regardant le plafond, couchée en étoile sur les draps à fleurs. Comme toujours, elle était ravie de retrouver cette chambre, sa grand-mère, ce paysage familier...était-ce la dernière fois qu'elle les verrait ?

D'un mouvement de tête, elle chassa aussitôt cette question de son esprit, emmêlant ses cheveux sur son visage.

Elle sortit alors quelque chose de sa poche. Une fleur qu'on lui avait offerte il y a longtemps qui n'avait jamais fanée, conservant ses grands pétales blancs brillants, presque translucides, ressemblant à du cristal. Dès qu'elle était soucieuse, triste, en colère, Violette sortait cette fleur et méditait longuement en la regardant. Elle ne s'en séparait jamais, ayant l'impression, que quelqu'un veillait sur elle à travers cette fleur.

On toqua à la porte, ce qui la fit sursauter. Une petite silhouette entra, c'était sa grand-mère, une tasse de chocolat chaud à la main. Violette se redressa et s'empressa de dissimuler la fleur.

« Eh bien ma petite, on a vu un fantôme ? Tu es toute pâle et tes cheveux sont en pagaille », dit-elle en empruntant un ton moqueur.

Elle posa la tasse sur le grand bureau en bois laqué, ouvrit un tiroir et attrapa une brosse.

« Viens par là , je vais te brosser les cheveux », dit-elle en s'asseyant sur le lit. Elle tendit le bras pour reprendre la tasse et la lui donna.

La grand-mère de Violette était une personne très douce et bienveillante. Elle était la gentillesse incarnée. Également très coquette, pendant qu'elle lui brossait les cheveux, elle se mit à parler de la nouvelle coiffure qui semblait bien aller à Violette. Avec des gestes délicats, elle brossait les longs cheveux noisette et soyeux de Violette dans lesquelles on pouvait distinguer quelques reflets roux.

Elle s'arrêta net lorsque ses yeux se posèrent sur la fleur à demi- couverte dans les plis des draps.

« Que fait-elle ici celle-là....murmura t-elle.

-De qui tu parles, demanda Violette en se retournant vers elle.

-De....cette fleur, dit-elle en la désignant du menton.

-Tu l'as déjà vue ? demanda Violette.

-Eh bien...commença t-elle en détournant les yeux...c'est ça, dans un livre, affirma t-elle soudain, elle me fait penser à une très belle histoire ! »

En effet, la grand-mère de Violette racontait souvent des histoires dans de drôles d'univers, avec du surnaturel des fantômes,etc...Violette adorait les écouter. Grand-mère raconte si bien les histoires ! Et elle savait mettre du suspense et stopper net au moment fatidique en reportant la fin de l'histoire au jour d'après ! La soirée entre elles se termina donc comme souvent, par une histoire passionnante.

Cependant, la grand-mère de Violette semblait soucieuse et avait répondu assez précipitamment tout à l'heure.

Ne serait-elle pas en train de cacher quelque chose ?

Chapitre 2

Le lendemain, Violette se réveilla de bonne heure. Quand elle ouvrit les volets en bois, le paysage baigné dans la lumière l'éblouit. On pouvait voir la route qu'elle avait emprunté la veille, avec cet énorme virage. Plus loin, elle voyait les collines vertes, baignées de soleil, avec ici et là quelques ombres de nuages blancs. Ici, ça sentait toujours bon l'eucalyptus, c'était une odeur synonyme de vacances pour Violette. Après avoir pris une grande inspiration :

« Ahhh quelle belle journée ! C'est parfait pour le marché ! »

En effet, tous les dimanches, il y avait un grand marché qui n'était pas très loin de ce petit village. Violette avait pour habitude de s'y rendre car il y régnait une atmosphère unique et joyeuse là-bas, un de ses plus beaux souvenirs de vacances .
Et donc, aujourd'hui, il était impensable de ne pas y aller !

Une fois sur place, il y avait plein de monde, des commerçants, des étalages de toutes sortes de produits, c'était magnifique. Et ces parfums...
Violette s'arrêta devant un étalage de pierres

précieuses. Tout étincelait et leur forme brute leur donnait un éclat et un effet sublimes. Certaines faisaient même des paillettes colorées sur les murs. C'était splendide. Il y en avait de toutes tailles de toutes les couleurs et pour tous les goûts.

Soudain, elle se fit culbuter par un homme qui se mit à courir et qui ne s'excusa même pas en plus !

Au début, Violette n'avait pas compris cette attitude, puis, elle s'en rendit compte !

Il lui avait volé son sac, mais dans ce sac, il n'y avait pas n'importe quoi, il y avait sa fleur porte bonheur dont elle ne se séparait jamais !

« Et toi, reviens là tout de suite ! » dit-elle en se lançant à sa poursuite.

Le bonhomme essaya de la semer à plusieurs reprises en passant par des ruelles mais, ce qu'il ignorait, c'est que Violette connaissait par cœur cette partie du marché. D'autant plus qu'elle était très rapide et qu'elle commençait à le rattraper. Ils s'éloignèrent de plus en plus du marché, le paysage devenait petit à petit inconnu pour elle.

Finalement, la chance avait joué en sa faveur et il se retrouva coincé sur la berge d'une rivière. La ruelle se terminait en gravas. Il ne pouvait partir ni à droite, ni à gauche.

Cependant, il y avait un pont de pierre partant de la berge mais il s'arrêtait à la moitié du fleuve !

Pourquoi cet espèce d'imbécile commençait à courir sur le pont ? Était-il si désespéré ? En aucun cas il ne devait lui échapper, elle le suivit donc !

      C'est dommage qu'elle n'ait pas vu cet endroit dans d'autres circonstances, car hormis le bruit sourd des pas ainsi que le halètement de sa respiration, on n'entendait que le bruit de l'eau agréable.

De plus, ce lieu dégageait une sorte d'aura, et il était assez intrigant tout de même. Au bout d'une simple ruelle se trouvait cette berge avec ce pont en pierres tout à la fois splendide et étrange qui n'allait pas au bout…

De plus, de l'autre côté, il n'y avait que de la végétation, pourquoi donc avait-il été construit ?

Mais là n'était pas la question, la vraie question qu'il fallait se poser, c'est pourquoi il ne ralentissait pas alors qu'il arrivait au bout ?

Violette se prit le pied dans du lierre qui recouvrait partiellement le pont, et lorsqu'elle se redressa, il n'était plus là.

Aucun bruit d'éclaboussure, rien, aucune trace...Il ne s'était pas envolé tout de même !?

14

Il a dû continuer à la nage, se dit-elle en prenant son élan, *il ne m'échappera pas !* Se dit-elle en sautant.

Sauf que, c'est bien sur des pierres qu'elle atterrit. Aille !

Le paysage avait complètement changé.

Le pont se prolongeait jusqu'à une berge où il y avait un grand arbre qui formait comme un chemin, des papillons bleus par essaim et d'étranges autres animaux.

Violette fit un pas en arrière et manqua de tomber à l'eau, l'autre côté du pont avait disparu !

« Quoi ! Cela n'est pas possible, où est le pont ?! Et la ruelle, et la rivière, le courant est dans le mauvais sens...où suis-je ?

Non, Violette, calme toi, si cet inconnu est également ici, il saura me dire comment revenir d'où je viens...Je ne pense pas être la seule à être passée tout de même ! »

Violette se concentra pour essayer de repérer le voleur. La route formée de racines s'élevait sur la droite, elle y vit courir quelqu'un, ça ne pouvait être que lui !

Violette se lança donc à sa poursuite.

Heureusement que cet arbre faisait office de

route car tout le reste était immergé dans les marécages. Des insectes aux couleurs chatoyantes s'y trouvaient.

A un moment, elle vit quelque chose bouger. Attirée par sa curiosité, elle s'approcha au bord. Là, elle vit bouger un amas de pierres ! Comment était-ce possible ? Des runes étaient gravées sur ces êtres de pierre à l'apparence drôlement variée. Certains avaient des éclats de pierres précieuses incrustées en eux.

Ça lui fit penser à l'étalage de tout à l'heure.

Entre deux arbres chemin, il y avait des roches, identiques aux pierres précieuses, mais bien plus grandes desquelles partaient d'autres chemins branche. Quelle drôle de paysage.

Dans l'eau, des petites colonnes de pierres précieuses sortaient ici et là, comme si elles poussaient dans l'eau.

C'était tout simplement splendide, mais Violette ne pouvait pas s'attarder et laisser filer peut-être sa seule chance de quitter cet endroit.

Elle ne savait même pas si elle pouvait échanger avec ces golems et s'ils étaient hostiles avec les hommes.

Alors, par précaution, mieux valait ne pas s'en approcher. Elle repéra un golem très grand en forme d'arche. Après lui, un énorme arbre faisait office d'escalier pour atteindre une grande ville qu'elle avait pu identifier en passant par le chemin racine de droite.

En se rapprochant, elle se rendit compte d'une chose, la ville ne reposait pas sur une montagne mais flottait dans les airs !

Alors que Violette commençait à perdre espoir face à cette réalité si étrange, elle se remotiva lorsqu'elle aperçut sous le golem arche le voleur. Étrangement vêtu, Violette le reconnut ! Lui, en revanche devait penser l'avoir semée. Alors elle se fit toute discrète derrière pierres et feuillages jusqu'à pouvoir l'attraper.

« Je te tiens ! », dit-elle en lui sautant dessus.

Violette allait enfin avoir des réponses à ses questions.

Où était-elle arrivée et pourquoi il lui avait volé son sac ?!

Chapitre 3

Violette maintenait l'inconnu par terre, assise sur lui. Il avait beau se débattre, Violette lui avait bloqué les bras avec sa propre cape. Elle essayait de repérer son sac au toucher.

« Rends-moi mon sac ! lui ordonna t-elle.

-Mais ça ne va pas de sauter sur les gens comme ça !? » dit-il d'une voix indignée. Étrange, elle ne retrouvait pas son sac...se serait-elle trompée ?

Au bout d'un moment, l'individu se rendit :

« C'est bon...j'avoue...c'est moi ! Tiens » lui dit-il en lui tendant son sac.

Mais il y a un truc qui cloche pensa Violette...attendez une minute...l'individu est sur le ventre, Violette lui immobilise les deux bras et il lui présente son sac avec un troisième bras !!! Qui plus est, avec une telle souplesse et surtout...un TROISIÈME bras !!!! Violette lui arracha le sac de la main et le poussa à l'aide de son pied pour le mettre hors de portée alors qu'il se relevait. Il retomba faisant voler sa cape.

« Qu'est...qu...qu'est-ce que...qu'est -ce que tu... ? » bégaya cette dernière. C'était la première fois qu'elle fut aussi surprise de sa vie. Après être entrée dans un endroit inconnu, difforme, avec de drôles de bestioles et des pierres qui bougent, elle se retrouvait face à face avec un homme à quatre bras !

Il était très grand. Ses cheveux étaient courts, doré clair et brillants à la lueur du soleil. Il était tout en muscles et même avec sa cape qui le dissimulait, on devinait sa silhouette musclée aux larges épaules.
Il avait plusieurs ornements sur les bras, sûrement en or vu leur éclat. Il avait également un ornement au niveau du front en forme d'œil et de grands anneaux en or aux oreilles. Son pantalon était bouffant, il était de style occidental ainsi que ses souliers qui se finissaient par une pointe remontant au bout.
Violette n'avait jamais vu pareils vêtements pour de vrai.
Mais le plus étrange, c'était ses yeux, dorés avec des pupilles en forme d'étoile à quatre branches. Cette même étoile était également présente sur son ornement frontal et sur certains vêtements.
Quel étrange personnage.
Ceci dit, il ne dégageait pas d'animosité ou d'hostilité.
Il pouvait parler la même langue que Violette

alors elle pourrait peut-être avoir une conversation avec lui ?

Violette resta cependant méfiante.

« Je suis terriblement désolé, lui dit-il, je ne pensais pas qu'une petite humaine comme toi pourrait arriver jusqu'ici !

-Comment ça petite humaine ?! Qui es-tu ? Où sommes nous ? Et pourquoi as-tu pris mon sac ?!

-Oui tu as raison, je me présente...Hélios...divinité gardienne du soleil, dit-il en souriant.

-Pardon ? »

Violette le regardait d'un œil suspicieux,mais bon, vue son apparence, et le monde dans lequel ils avaient atterri, va pour Hélios le Dieu soleil...elle soupira.

« Très bien Hélios, moi je m'appelle Violette et j'ai quelques petites questions à te poser ! Pourquoi me prendre mon sac ? Quand on te regarde, on voit bien que tu as bien assez d'argent, surtout si tu es celui que tu prétends.

-Et bien...(Hélios semblait ne plus savoir où se mettre) en fait te raconter cela te paraîtrait complètement dingue !

-Comment ça ? dit-elle en haussant la voix, mets-toi à ma place…

Tout d'abord, j'apprends que la lune va nous

tomber sur la tête, ensuite, je poursuis mon ravisseur, j'arrive dans une autre dimension et là, je parle avec un prétendu Dieu du soleil, dit-elle en faisant les cents pas d'énervement. Je pense donc que maintenant, plus rien ne m'étonnera ! Et puis pourquoi tu prétends être un Dieu ?

-Il me semble qu'il y a méprise… Ici, nous sommes dans une dimension parallèle à la votre.

En quelques sortes, nous sommes une forme de vie similaire à la votre dotée d'intelligence mais également de quelques aptitudes incroyables pour vous, les humains.

Lorsque les habitants de mon monde, ce monde qu'on appelle **le Reflet** décident de se rendre au sein de ton monde, celui des humains, ils sont rendus immatériels et invisibles afin d'éviter tout contact.

-Mais tu m'as bien poussée tout à l'heure en me prenant mon sac et je t'ai vu !Tu n'étais pas du tout invisible comme tu prétends l'être dans MON monde !

-En effet, moi je contourne cette règle car j'ai un statu particulier.

-Ah oui, tu as dit être un Dieu...dit-elle ironiquement.

-Non ! Une divinité! dit-il fermement.

Pour nous, les divinités sont les dirigeants sur un territoire donné comme une île par exemple.

Violette le regarda perplexe.

« Heu...regarde cette île dans le ciel . » dit-il en désignant du doigt l'énorme masse flottante qui trônait presque au dessus d'eux.

Cette île était énorme mais surtout hyper imposante.

« Et bien cette petite île appartient à une divinité qui y gère toutes les affaires intérieures et qui y fait sa propre loi. »

Violette pensa...*il a bien dit « petite île » ?*

« Oh je vois, en gros, c'est comme des maires qui gèrent des communes.

-On va dire ça si ça t'aide à comprendre, dit-il septique.

Par contre, moi aussi j'ai une question à te poser en retour, dit-il d'un ton plus sérieux.

-Oui je t'écoute lui répondit-elle.

-Tout à l'heure, tu as parlé de la chute de la lune, qu'en sais-tu exactement ? dit-il en la regardant avec son regard doré et persan.

-Et bien, commença t-elle, la lune est censée s'écraser sur la Terre dans environ une semaine ou deux et on ne peut plus rien faire pour l'arrêter, dit-elle les yeux larmoyants, la voix tremblante et baissant la tête.

-Et bien tu as raison, mais à un détail près ! » dit-il en lui posant amicalement sa grande main chaleureuse sur la tête.

Violette releva la tête et le regarda.

« C'est que tout espoir n'est pas encore perdu ! » dit-il en souriant.

Violette n'en revenait pas !

Avec cette simple phrase il avait fait renaître un espoir en elle.

Il y avait donc un moyen pour arrêter la lune ?

Pouvions-nous vraiment échapper à cette fin tragique ?

Comment faire pour y parvenir ?

Chapitre 4

Hélios et Violette montaient jusqu'à la grande île.

Violette avait envie d'accompagner Hélios pour en savoir plus. S'il y avait vraiment un moyen de sauver la Terre, alors il n'y avait pas une seconde à perdre. Elle jugea donc que son retour allait coûter trop de temps à Hélios et avait donc décidé de l'accompagner.

Après être enfin arrivés en haut de l'île, Violette était assez essoufflée et contempla l'immense marécage vu d'en haut.

C'est gigantesque ! Pensa t-elle.

Et Hélios qui affirmait que cette île était petite...

Elle regarda alors le ciel et y vit une île encore plus grande. Quelle grandeur ! Comment cela faisait-il pour rester en l'air ?

Et alors qu'elle admirait le ciel , Hélios l'appela pour qu'elle continue à marcher.

Après une promenade acharnée sous les arbres immenses aux lianes roses, enfin une petite pause. Il était temps !

C'était étrange, le paysage n'avait rien à voir avec le marécage ou encore rien à voir avec la vue d'en bas.

Elle avait remarqué que cette île était remplie

de végétation comme on l'imaginait de loin mais elle ne s'attendait pas à un tel paysage
une fois dessus. Ici, il n'y avait pas de golem de pierre comme au marécage.
D'ailleurs, il n'y avait pas grand chose à part les arbres, leurs lianes fleuries, leurs immenses racines et le sol.

« Excuse-moi Hélios mais, commença t-elle, pourquoi n'y a t-il pas de créatures ici ?

-Comment ça ? lui demanda t-i en se retournant.

-Et bien, ici il n'y a aucun golem, aucun bruit de créature quelconque...pourquoi cela ?

-Et bien, dit-il amusé, depuis longtemps ils nous entourent tu sais ?

-Ah bon ? dit-elle déconcertée. Mais où sont-ils, dit-elle en cherchant du regard .

-Et bien il y a déjà des arbres, dit-il en la regardant, et s'il n'y a pas de golem, c'est parce que la topographie ne leur permet pas de se déplacer ici. Il y a trop de racines, ils ne feraient que tomber.
Nous y voilà ! » annonça t-il en ouvrant le passage à Violette.

Le chemin se poursuivait si haut que Violette ne voyait même plus les marécages. En contrebas, au milieu du pont, elle reconnut l'île de tout à l'heure. Celle qu'elle avait observé plus tôt haut dans le ciel. Puis, encore plus bas, elle repéra l'île à la forêt d'arbres roses. Mais pourquoi elle se trouvait au dessus?!Cela voulait dire qu'elle se trouvait plus haut encore !?

« Ah oui, je ne t'ai pas prévenue, commença Hélios, cette forêt est en fait un vrai labyrinthe et transporte le plus souvent ses visiteurs.

-Pardon ? dit-elle les yeux écarquillés.

-Cette forêt peut te transporter là où il y a d'autres arbres de ce type, dit-il en désignant les grands arbres roses. Cependant, mieux vaut ne pas se tromper de chemin, cela réserverait de mauvaises surprises.

-Cet endroit est tout simplement incroyable dit-elle en se rendant à l'évidence, et après on va où ?

-Et bien, commença t-il en prenant les devants, nous sommes arrivés à l'île de Chronos ! dit-il tout fier.
Vas-y, avance, tu vas voir comme son île est étrange il y a des rouages partout !

-Et bien, tout ce que je vois, c'est un lac duquel pousse un arbre gigantesque ! Mais ça s'arrête là...cette île ne supporte que le lac !

-Quoi ? dit-il inquiet, mas non enfin, tu blagues. Il regarda le lac et son arbre qui trônait. Hein ?! Ce n'est pas possible, me serais-je encore trompé ?

-Comment ça encore ? Ça veut dire que tu nous as perdu !? dit-elle en lui criant dessus.

-Non non ne t'inquiètes pas, il nous suffit d'aller à la ville chercher un autre passage. La tour est juste au dessus de cette île.

-Mais pourquoi n'allons-nous pas dans la forêt ?

-C'est impossible, il nous faudrait un guide.

-Quoi ? Et pourquoi ça ? demanda t-elle, il nous suffit de... dit-elle en entrant dans l'arbre aux lianes roses...Faire le chemin inverse, finit-elle.

Hélios ? Hélios ?! Oh non ce n'est pas vrai ! »
Elle souleva les lianes comme pour revenir sur ses pas, mais le pont dans le vide n'était plus là ! Elle se souvint alors des paroles d'Hélios...

Cette forêt est en fait un vrai labyrinthe...

« Oh non, quand même pas...si ? »
Pour le moment, il me faut sortir de cette forêt ! pensa t-elle.

Violette s'était perdue...réussira t-elle à sortir ?

Reverra t-elle Hélios ?

Avait-elle eu raison de le suivre finalement ?

Chapitre 5

Cela faisait maintenant quelques heures que Violette était perdue dans cette forêt, seule... A force de tourner en rond, elle commençait à perdre la tête.
Pourquoi n'arrivait-elle pas à en sortir ? En suivant le chemin, elle pensait qu'elle finirait par arriver quelque part, mais non, rien n'y faisait !

C'est alors qu'elle décida de se poser pour reprendre ses esprits, et comme à son habitude lorsqu'elle était soucieuse, elle sortit la fleur porte bonheur. En y repensant, il est vrai que c'était dans une forêt qu'on lui avait donné...

« C'était il y a bien longtemps... » dit-elle à voix haute en regardant les feuillages roses.

En effet, quand elle était petite, elle s'était perdue dans la forêt. Et comme aujourd'hui, elle avait été incapable de retrouver son chemin. Elle était totalement perdue à cette époque...Elle profita de cette petite halte pour replonger dans ses souvenirs…

C'était soudainement, alors qu'elle était

recroquevillée, en train de pleurer, qu'un étrange individu la surprit par hasard.

Il était très grand et maigre, vêtu uniquement d'un long morceau de tissu cachant ses parties intimes qui descendait jusqu'aux genoux.

Il portait de nombreuses parures, des colliers, bracelets, boucles d'oreille faits de crocs et de griffes. Cet étrange personnage portait également un crane, d'une chèvre sûrement, sur la tête en guise de chapeau. Il avait également quelques lianes et feuilles habillant un peu plus son corps pâle.

Mais tout cela, Violette le remarqua dans un second temps car elle était en fait obnubilée par les cornes de cet individu.

En effet, des bois sortaient de sa tête au dessus des oreilles, d'autres sortaient de sa nuque, une autre paire encore sortait de son bassin. Le volume que lui offraient ces bois semblait lui donner un style majestueux, il fallait le reconnaître.

Sur ces bois, on pouvait voir ici et là, quelques ornements comme des perles ou encore des pierres polies qui pendaient et faisaient un léger bruit en s'entrechoquant.

Enfin, cet individu avait une chevelure blonde, et tellement longue, que même en s'emmêlant dans les bois de son bassin, elle touchait le sol !

Violette était ébahie par tant de magnificence, puis elle fit plus attention à ses ornements, surtout celui au dessus de sa tête, qui commençait à l'inquiéter.

« Cela faisait bien longtemps que je n'avais pas vu un humain, lui lança t-il d'une voix posée . Vous semblez être un peu jeune pour vous promener seule en forêt...seriez-vous perdue ? »

L'individu s'approcha davantage, Violette eu alors un mouvement de recul, se préparant à courir.

Comprenant cela, l'individu s'immobilisa.

« Je vois...il est vrai que je semble suspect, mais...rassurez-vous, dit-il alors en levant sa canne de sa main gauche. Je ne suis pas malintentionné », finit-il en tapant du bas de sa canne le sol.

Comme par magie, tout se changea immédiatement autour d'eux.

Des fleurs apparurent à ne plus savoir où donner de la tête, et aussitôt, tous ses ornements de crocs et de griffes furent recouverts de fleurs ; les dissimulant.

Des plantes poussèrent également sur ses bois, les fleurissant.

Ce fut presque une métamorphose tellement il

semblait changé, différent.

Il se pencha alors jusqu'à sa hauteur, et lui dit :

« Je vais t'aider à retrouver ton chemin, avec un sourire doux ».

Après ça, les souvenirs de Violette étaient un peu plus flous, mais elle se souvenait qu'après avoir retrouvé le chemin, l'individu avait pris une fleur de son sceptre , dont le bout formait une boule recouverte de feuilles et de fleurs de toutes les couleurs. La lui donnant, il l'avait mise en garde vis-à-vis de la forêt et lui avait signifié que cette fleur l'aiderait à retrouver son chemin et qu'elle portait bonheur.

Depuis lors, Violette n'avait jamais revu cet individu mais avait toujours suivi son conseil vis-à-vis de cette fleur.

Sortant de ces souvenirs, elle s'exprima à nouveau à voix haute :

« Avec le recul , commença t-elle, cet individu devait être une divinité ou un truc du genre, comme Hélios, il faudra que je lui en parle lorsque je l'aurai retrouvé.

Même si le mieux serait de trouver le chemin qui m'amènera à Chronos que Hélios cherchait.

Allez, dit-elle plus motivée que jamais, en

route ! »

C'est alors que la fleur porte bonheur tomba au sol. Alors que Violette se penchait pour la ramasser, la fleur s'illumina d'une lumière verte, qui, telles des aurores boréales, continuait son chemin à travers la forêt. Violette ne savait pas cette fleur capable d'un tel phénomène.

Ceci dit, au milieu de toutes ces lueurs roses, le vert jurait presque !

La fleur en main, elle se posait quelques questions.

Pourquoi s'était-elle mise à briller tout à coup ? Une petite minute…

Cette fleur t'aidera à trouver ton chemin...

Fallait-il donc suivre cette lumière?

Où allait-elle ?

Où allait-elle donc atterrir ?

Et qui était cet individu bienveillant aux facultés extraordinaires appartenant à ses souvenirs ?

Chapitre 6

Après avoir réfléchi, elle décida de suivre cette lumière car elle était peut-être sa seule chance de sortir d'ici.

C'est donc d'un pas décidé qu'elle suivit ce chemin .

Cependant, après une vingtaine de minutes, la fleur verte perdait en puissance. Cela voulait-il dire qu'elle approchait de la fin ? Ou alors qu'elle avait épuisé la limite de temps ? Elle se mit à marcher de plus en plus vite jusqu'à courir pour ne pas manquer sa chance . Les lianes lui barraient de plus en plus la route.

Mais ce ne sont pas ces lianes qui vont m'arrêter pensa t-elle. *Je vais passer au travers !*

Son pied ne touchait presque plus rien, elle était en suspension.

La bonne nouvelle, c'est qu'elle était enfin sortie de la forêt ; la mauvaise, c'est qu'elle tombait dans le vide !

Oh non !! pensa t-elle en fermant les yeux, j*e vais m'écraser...*se prenant la tête dans les mains, *aucune chance de s'en sortir vue la h.....*

Elle atterrit alors sur le dos, en étoile dans un bruit sourd. En atterrissant, elle eu l'impression que ses poumons s'étaient vidés d'un coup, ce qui la fit tousser.

Mais l'excellente nouvelle, c'était qu'elle avait survécu à cette chute vertigineuse et à priori sans aucune blessure.

Elle s'assit pour tenter de se situer. Visiblement, pas là où elle était avec Hélios la dernière fois.

Cet endroit était étrange, elle n'était pas comme les autres îles...Ce lieu dégageait une aura particulière...Elle avait atterri sur de la végétation. Elle remarqua que la terre était plutôt dorée pour être de la simple terre, telle qu'elle la connaissait.

Les cailloux semblaient un peu trop précieux pour être ordinaires.

Au loin, elle apercevait une cascade aux reflets un peu trop argentés.

En voyant une ombre se dessiner à ses côtés, elle regarda en haut et vit un gigantesque arbre rose comme ceux de la forêt. Il poussait sur un rocher qui brillait tellement au soleil qu'il ressemblait à de l'or.

Où était-elle donc arrivée ?

Étant quelqu'un de logique, elle décida de remonter le torrent de la rivière pour espérer trouver un village. Le paysage était quand même très étrange. Le ciel était bleu vert, les rochers en or, l'eau en argent. Comment un endroit pareil pouvait-il exister ?

En arrivant en haut, à côté de la cascade, elle admira cette incroyable vue.

Elle était en dessous d'un arbre aux écorces d'or et au feuillage de pierres couleur rubis et ambre. C'était fantastique.

Elle décida cependant de ne pas s'attarder et de poursuivre son chemin. En aval de la rivière, elle entendit une mélodie. Elle s'approcha alors pour pouvoir observer et se cacha derrière des buissons d'émeraude.

Elle était complètement obnubilée par la scène qu'elle voyait.

Dessous un arbre aux pétales de coquillage roses translucides, se tenait assise sur l'herbe une femme en train de jouer du shamisen (c'est un instrument japonais qui a trois cordes et qui se joue en grattant avec une petite pièce de bois).

Cette femme portait des kimonos, une coiffure traditionnelle venant d'Asie. *On jurerait regarder mon article sur le Japon* pensa Violette qui s'intéressait beaucoup aux différentes cultures.

Les cheveux de cette femme étaient de couleur inconnue, entre le parme et le rose, c'était splendide. Elle était maquillée en blanc avec un trait rouge sur les paupières et du rouge à lèvres sur la bouche.

Quel drôle de personnage elle aussi ! Autant Hélios était bizarrement vêtu, autant ses vêtements à elle correspondaient bien au cadre. Autour d'elle volaient des insectes très colorés battant au rythme de la mélodie.

« Dites moi jeune fille, demanda la femme, comptez-vous l'observer longtemps encore ? »

Elle a réussi à m'entendre ? se demanda Violette.

« Allons, inutile de se cacher. Cela fait certes longtemps qu'elle n'a pas vu d'humain, mais croyez la, elle ne va point vous manger ! »

-…...Violette ne répondit rien. Elle était paniquée !

-Serait-ce bien vous l'humaine recherchée ? La fameuse Violette ? »

Violette se figea.

Comment cette femme pouvait-elle connaître son prénom ?

*Et pourquoi avait-elle dit qu'elle était **l'humaine recherchée**?*

Qui pouvait-il donc en avoir après elle ?

Chapitre 7

Complètement paniquée et sachant que sa petite cachette était obsolète, Violette se décida à sortir.

La femme l'attendait en dessous de l'arbre avec un sourire malicieux.

Plus Violette s'en approchait et plus elle trouvait ce sourire angoissant. Violette finit par s'arrêter devant elle et creva l'abcès.

« Vous avez raison, je suis effectivement une humaine et je me prénomme Violette, que me voulez-vous ?

-Aucunement besoin de préciser que vous êtes humaine...cela crève les yeux dit-elle d'un ton hautain.

-Comment ça ça crève les yeux ! dit-elle à son tour agacée.

-Commençons déjà par votre façon de vous déplacer, vous marchez sans vous poser de question en faisant un bruit incessant . Il y a également votre respiration, vous n'y prêtez pas attention mais sachez qu'il y a des individus à l'ouïe extrêmement fine. »

La femme se leva.

-Quant à Anna, lui dit-elle en la fixant de ses yeux roses, elle veut que vous l'appeliez ainsi. Pas plus tard que ce matin elle a reçu un message diffusé dans toute l'archipel, vous êtes recherchée ! »

C'était un peu curieux qu'Anna (puisque c'était son nom) parle à la troisième personne et non pas à la première.

« Et avez-vous une idée de pourquoi? demanda t-elle inquiète.

-Cela, c'est à vous de le lui dire...lui rétorqua Anna.

-Je vois...répondit Violette pas plus avancée .

-Que diriez-vous d'accompagner Anna jusqu'au commanditaire de l'annonce, comme cela, vous serez fixée mademoiselle ! »

Violette pensa...*et bien, me voilà avancée, j'apprends subitement que je suis recherchée, et pour me guider, j'ai encore droit à une originale !*
Pourquoi parle t-elle à la troisième personne ?
Et pourquoi m'appelle t-elle mademoiselle ?

Acceptant la proposition d'Anna, pour pouvoir avancer dans sa situation, elles se mirent à marcher, enfin, c'est plutôt Violette qui suivait Anna. Les deux damoiselles n'avaient pas grand chose à se dire. Ou plutôt, elles ne savaient pas quoi se dire…

Violette, ramassant un caillou en or lui demanda :

« Dites-moi Anna, où sommes-nous ? »
Interloquée, Anna se retourna et lui répondit :

« Oh, veuillez l'excuser, en tant que guide, Anna aurait dû vous présenter ces terres d'elle-même !
Ici, nous sommes sur les terres de Midas, divinité d'or. Ces terres sont appelées le Pengla Shan, aussi connues sous le nom du mont Hôraï.

-Le mont Hôraï, s'écria Violette, alors il existe ?!

-Votre satisfaction est étonnante, qu'y a t-il de particulier ?

-Et bien, commença t-elle, j'ai déjà eu l'occasion de parler avec Hélios de ce monde. Plus j'apprends à le découvrir et plus je me rends compte que les noms de ces terres nous ont inspiré bien des légendes dans mon monde. La forêt de Brocéliande (celle des arbres roses) le mont Hôraï, ces lieux illustrent de nombreuses histoires.

-En effet, reconnu Anna, il est vrai que nos univers ont bien des similitudes, mais lorsqu'on y fait attention, on peut constater que ces deux dimensions sont la face et le revers d'un même monde. Tout ce qui se passe dans un monde se répercute dans l'autre.

Selon Anna, les mythes et légendes de votre monde représentent quelque part le sien…

Enfin, cela n'est que son humble opinion...Mais un détail a retenu son attention, avez-vous bien évoqué Hélios, la divinité solaire ?

-Oh oui en effet, je vais vous expliquer. »

Finalement, elles avaient plus de choses à se dire qu'elles ne l'avaient imaginé !

Enfin, après avoir remonté des rivières flottantes dans les airs grâce à des poissons aux écailles d'émeraudes, de lapis ou encore de rubis, Violette et Anna arrivèrent à un endroit un peu plus animé.

Des bâtiments étaient sculptés dans la roche, de marbre, de bronze ou encore d'or. L'architecture, très travaillée cependant, lui faisait penser à une mixité de styles architecturaux humains.

Les individus dans les rues étaient de plus en plus étranges, en plus des golem mais cette fois en or, il y avait toutes sortes d'individus. Ici, un arbre qui tapait la causette avec un grand miroir. Tous deux ornés de bijoux et de dorures. Là une créature transparente avec des points lumineux et une forme non identifiable, ici un coffre plaqué or qui s'adressait à un grand reptile vêtu chiquement selon les codes de cet endroit.

Cependant, quand Anna et Violette passaient, la foule les suivait du regard pour la plupart.

« Ne vous éloignez pas d'Anna ! lui souffla t-elle alors, pour la plupart d'entre eux, ils n'ont jamais vu d'humains de leurs propres yeux...mieux vaut ne pas vous retrouver seule dans cet endroit.

-Ah bon? demanda Violette surprise.

-Comme les hommes, ici, il y a des individus plus recommandables que d'autres. Mais ne vous inquiétez pas, Anna vous emmène faire un relooking , vous serez plus à l'aise ainsi !

-Pardon ?!! lui rétorqua Violette avec des yeux rond comme des soucoupes. »

Les voilà qui s'arrêtaient devant un énorme bâtiment encore plus joliment travaillé que les autres. La bâtisse était incroyable. Elle était aussi majestueuse que grande. Incroyable !En y entrant, elle remarqua les fines gravures au mur avec des rubis incrustés, ainsi que quelques mosaïques ici et là représentant plusieurs scènes, qui arboraient des couleurs incroyables.

Après avoir monté l'escalier de marbre en

colimaçon depuis le hall du rez-de-chaussée, elles arrivèrent sur une grande terrasse où le vent faisait tinter les petites pierres des arbres. Bien entendu, le bâtiment se poursuivait plus haut. Mais fort heureusement elles n'eurent pas besoin de gravir toutes les marches permettant d'y accéder car le maître des lieux venait à elles.

Il portait au moins quatre ou cinq kimonos de soie qui lui donnaient un air de fantôme. Il semblait flotter dans les airs, il n'avait pas de corps, seulement des points lumineux sur le torse.

En guise de tête, un éventail, et des mains de cristal qui flottaient au niveau des manches. Drôle de personnage...

Qui était cet étrange individu en face d'elles ?

Où Anna avait-elle emmené Violette?

Et pourquoi l'avait-elle précisément conduite ici ?

Cet créature à tête d'éventail serait donc le commanditaire de l'annonce à son sujet ?

Chapitre 8

Violette et Anna faisaient face à cet étrange individu. L'éventail de l'individu se referma et se rouvrit mais cette fois couvert d'or.

« Bienvenu dans mon humble demeure...leur lança t-il. Les humaines dans mon commerce, on n'en croise pas tous les jours ! Mademoiselle Anna, serait-ce donc la fameuse humaine ?

-En effet, lui répondit Anna, et Anna s'est dit que vous pourriez l'aider...

-L'aider ? Et bien je t'écoute » et il se tourna vers Violette.
Violette ne savait pas quoi dire, son éventail se referma encore pour cette fois devenir vert kaki.

« Mademoiselle Anna, vous êtes sûre que cette demoiselle humaine a une langue? lui demanda t-il tout bas. Ou bien peut-être ne nous comprend t-elle pas ? dit-il alors triste...
Son éventail devenant bleu translucide.

-Bien sûr que non, s'empressa de répondre Violette, c'est juste que Anna ne m'a pas dit pourquoi elle m'emmenait ici.
Est-ce que c'est vous qui souhaitez me voir ?

-Bien sûr que non lui répondit-il. Sa

couleur était désormais jaune avec des croix rouges. Mademoiselle Anna, ne m'avez-vous pas présenté avant de venir ? demanda t-il coloré de vert bleu.

-Anna pensait que vous préféreriez vous présenter vous-même !

-Je comprends dit-il en redevenant doré. »

Décidément, l'absence de visage ne l'empêchait pas de montrer ses émotions.
Les différentes couleurs devaient avoir une signification pour lui pensa Violette.

Cet individu n'était pas le commanditaire de l'annonce qui recherchait Violette . En fait il était un grand tisseur d'étoffe et confectionnait des vêtements, il était très connu dans le monde du Reflet.

On l'appelait Eventailleur, mélange de sa personne et de sa fonction. Anna avait en fait amené Violette jusqu'à lui pour pouvoir lui donner une apparence un peu plus basique dans leur monde. Elle avait compris que le regard des gens mettait Violette mal à l'aise. D'où le relooking qu'avait évoqué Anna un peu plus tôt !

Anna et Eventailleur amenèrent Violette dans une salle avec plein de tissus, de mannequins, d'aiguilles...c'était sûrement son atelier. Pendant qu'Anna discutait avec Violette des différents styles et étoffes portés au sein du Reflet, Eventailleur semblait chercher quelque chose dans un coffre.

« Dites-moi Violette, lui demanda Eventailleur, pourriez-vous porter ceci ? » lui demanda t-il en lui tendant une pierre blanche.

Violette la prit dans sa main, puis, Eventailleur lui amena un miroir.
C'est alors qu'elle se vit avec les cheveux blancs et les pupilles roses !

« Quoi ! dit-elle en jetant la pierre, qu'est-ce que...c'est ?!

-C'est une pierre d'illusion, lui expliqua t-il, ces pierres ne fonctionnent pas sur nous mais c'est diablement efficace sur vous , les hommes. Essayez-les pour vous faire votre propre avis là-dessus. Je vous vendrai alors celle de votre choix.

-Non mais je n'ai pas d'argent ! dit-elle désespérée.

-Je suis sûr que nous pourrons trouver un arrangement...dit-il à son tour, coloré de violet et de rose en dégradé.

-Si vous le dites...répondit-elle très septique.

-Anna négociera avec vous, dit Anna à Violette. »

Violette, rassurée, essaya toutes les pierres possible avant de décider enfin. Elle avait opté pour une pierre qui la métamorphosait certes mais en respectant le plus son apparence réelle d'humaine.

Ses cheveux étaient colorés en marron avec des reflets oranges, ce qui changeait peu de sa couleur habituelle. Ses yeux devenaient violets et sa peau gardait sa teinte normale mais avec quelques tâches rose sur les mains.

Les efforts de Eventailleur pour la changer davantage étaient vains, alors il céda finalement.

Mais la grande question, comment payer la pierre ? Violette y avait songé et lui fit une proposition :

« Dans mon sac, j'ai amené une spécialité humaine que vous n'avez peut-être jamais goûté...

-C'est vrai ? lui demanda t-il alors, tout orange de curiosité.

-Tenez, goûtez, lui proposa t-elle en lui tendant un pétale de pomme de terre fine, autrement dit une chips ! »

Eventailleur, septique, mangea, il en devint rose de bonheur !

« Mais c'est tout simplement exquis ! S'exclama t-il. Ce craquant unique et ce goût si prenant...c'est un régal ! Voilà donc de la nourriture humaine ! C'est prodigieux !

-Et bien, je vous en propose une poche entière !

-Une poche ? Mais c'est amplement suffisant contre ce caillou ! C'est même trop, je me vois dans l'obligation de compenser » dit-il alors en agitant ses mains sur le plan de travail. Il attrapa des rouleaux de tissus.

« Et voilà ! » Il lui tendit alors des vêtements dont la finition était particulièrement appliquée.
Eventailleur partit alors avec ce paquet de chips, sûrement pour les déguster.

« Vous êtes sûre que cela vous convient ? lui demanda Anna, vous savez, la pierre qu'il vous a vendu est inutile pour nous autres, il ne pouvait rien en faire...

-Oh, de mon côté, ce que je lui ai offert en échange ne vaut pas grand chose non plus !
Et, dites moi Anna, on ne pourrait pas se tutoyer, ce serait plus simple non ?

-Et bien, commença t-elle gênée, Anna n'est pas contre, dit-elle en détournant le regard »

Ce que Violette ignorait, c'est que se tutoyer, c'était comme se faire la bise chez nous, c'est à dire un peu plus intime .

Là ou vivait Anna, se tutoyer était une marque d'amitié. Sans le savoir, Violette avait proposé à Anna qu'elles deviennent amies...pour la vie, entre autre !

C'est à cet instant qu'il y eut un énorme bruit sur la terrasse.

Violette sortit en panique.

C'était une grande raie toute blanche décorée de dorures et de motifs complexes dorés.

Dessus, il y avait une silhouette familière à Violette qui la chevauchait, Hélios ?!

Mais où avait-il donc trouvé pareil animal ?

Comment avait-il donc fait pour la retrouver ?

Était-il revenu pour elle ?

Chapitre 9

Hélios descendit alors de sa monture. Eventailleur se pressa pour voir ce qu'il se passait. Bientôt, les deux se feraient face.

« Pourrais-je savoir qui s'autorise à atterrir sur mon établissement ? demanda Eventailleur doré mais au reflets rouges. Il devait être en colère mais il le cachait sûrement.

-Bonjour, répondit Hélios, il me semble qu'une humaine est arrivée jusqu'à vous...il me faudrait la voir !

-Qu'en savez-vous ? Il prit un ton plus terne et sombre, veuillez d'abord décliner votre identité ! »

L'atmosphère devenait plus tendu sans que Violette ne sache pourquoi.

Alors elle arriva, ce qui mit fin aux débat.

« Je le connais, dit-elle en s'adressant à Eventailleur, il s'appelle Hélios et il est la divinité du soleil, c'est ça ?...demanda t-elle tout bas pour confirmation.

-C'est ça, je suis une divinité du soleil.

-Oh je comprends, dit Eventailleur moins inquiet, me voilà rassuré. J'avais peur que vous soyez quelqu'un de malintentionné !

-Mais pourquoi cela ? demanda Hélios

outré.

-Peut-être qu'il aurait fallu utiliser la porte...rétorqua Anna.

-Quoi? Mais qui êtes-vous pour en juger...s'agaça Hélios.

-Elle s'appelle Anna, intervint Violette, voulant calmer les choses.

-Et elle en profite pour vous dire que c'est Anna qui vous a contacté Monsieur Hélios.

-Alors c'est toi qui l'a retrouvée ?! Merci, je te dois une fière chandelle, dit-il avec un grand sourire. »

Anna fut très gênée, soit à cause du tutoiement, soit parce qu'il s'était trop approché d'elle, peut-être même les deux. Elle s'éloigna.

« Mais, dis moi Violette, lui demanda Hélios, tu n'aurais pas un peu forcé le déguisement ? »

Violette lui raconta ses mésaventures et comment elle avait rencontré Anna et Eventailleur.

Hélios, de son côté, avait lui aussi cherché partout...

Il était allé jusqu'en haut de l'arbre pour trouver de l'aide auprès des habitants afin de retrouver Violette. Il a alors assisté à un phénomène hors du commun, le temps s'était arrêté, vraiment...

Les habitants stoppés dans leur action, les feuilles des arbres en suspension dans les airs...aucun bruit, aucun son, plus aucun signe de vie !

« Avec la crise actuelle, ce n'est pas étonnant, commenta Eventailleur.

-Tu sais ce qu'il s'est passé là-bas? le coupa Hélios.

-Oui, j'y viens...comme vous le savez, Chronos, le gardien du temps, règne sur des terres assez particulières. Il y existe une tour, lui permettant d' avoir une influence sur le cours du temps.

-Oui c'est la tour de l'horloge intemporelle, s'exclama Hélios fier de lui.

-Si vous pouviez arrêter de me couper la parole, dit Eventailleur dépité et blanc...

-Oh oui...désolé, s'excusa Hélios en souriant.

-Et bien, comme certains d'entre vous le savent, la lune menacerait de s'écraser.

Pour ralentir sa chute, Chronos a stoppé les engrenages de la tour.

Malheureusement, cela a eu pour effet de geler dans le temps tout organisme ou matière autour d'un certain périmètre de la tour.

-Oh non, s'exclama Hélios, j'avais besoin de Chronos de toute urgence ! Comment je vais faire ?!

-Pourquoi se mettre dans cet état ? demanda Eventailleur, vert. Chronos est encore parmi nous !

-Mais si ce que vous dites est vrai, il est bloqué dans la tour ! Chronos est figé dans le temps et en plus, sa tour n'est pas accessible, rétorqua Hélios.

-Mais lui, il l'est, annonça Eventailleur, il n'est pas emprisonné. »

Surpris, Violette et les autres relevèrent la tête et le regardèrent.

« C'est vrai, comment le sais-tu ? demanda Hélios.

-Et où se trouve sa demeure, le questionna Violette à son tour.

-Au plus haut du mont Horaï, annonça Anna naturellement.

-Très bien, annonça Hélios, allons-y sur le champs ! Merci à toi Eventailleur et à toi aussi Anna.

-Si vous le permettez, commença Anna, Anna voudrait accompagner Violette pour vous montrer la direction. Monsieur Eventailleur est trop occupé pour vous guider, Anna le remplacera donc.

-C'est d'accord, lui sourit-il et maintenant en route ! »

C'est ainsi que Violette Anna et Hélios prirent place à bord de la raie volante pour pouvoir aller à la rencontre de Chronos.Violette, qui avait quelques questions, leur demanda tout en contemplant la vue du crépuscule :

« Il y a quelque chose que je me demande Anna, j'ai cru comprendre qu'ici c'était Eventailleur le chef, pourtant, tu m'a présentée ces terres comme les terres de Midas. Pourquoi ?

-Et bien c'est assez compliqué, lui répondit Anna. Officieusement, c'est vrai que Eventailleur gère toutes les affaires de l'archipel d'or de Pengla Shan en l'absence de Seigneur Midas. De plus, la situation dure depuis quelques années maintenant alors logiquement il devrait lui succéder. Tout le monde considère Eventailleur comme le chef. Cependant, officiellement Midas restera la divinité de cet endroit tant que Eventailleur n'aura pas reçu le troisième œil.

-Le troisième œil ? C'est quoi encore comme nom tordu ça ?!Violette était perdue...

-C'est ceci, lui dit Hélios en lui montrant son ornement sur le front.

C'est l'emblème des divinités.

Il offre à l'individu qui le reçoit la possibilité de rester matériel dans le monde des hommes et quelques autres avantages spécifiques à chacun. Par exemple, pour Midas, son troisième œil lui permettait de tout changer en or.

-D'accord, je comprends, mais pourquoi l'avoir baptisé ainsi, c'est parce qu'il a une forme d'œil ?

-Non, la stoppa Hélios, tous n'ont pas la forme d'un œil.

-Mais vous êtes bizarre quand même, s'exclama Violette, pourquoi alors ?

-Parce que le troisième œil change les pupilles de son propriétaire, lui expliqua Anna. Comme Monsieur Hélios et ses yeux en étoile à quatre branches par exemple.

-Je maintiens que c'est un drôle de nom, affirma Violette en croisant les bras.

-Nous y voilà ! » annonça Anna.

En contournant la grande île, ils tombèrent nez à nez avec l'immense bâtisse en or massif étincelant au crépuscule au sein de laquelle résidait Chronos temporairement. En faisant un vol plané, la raie tourna jusqu'à être à hauteur et atterrit sur une grande terrasse de marbre avec des arbres encore plus beaux et majestueux que ceux que Violette avait déjà vus. Derrière ces immenses portes, il y avait peut être le moyen de sauver la terre.

Les portes s'ouvrirent.

Serait-ce Chronos ?

Pourquoi Hélios voulait-il lui parler ?

Comment réagira Chronos à la demande d'Hélios ?

Chapitre 10

Les portes s'ouvrirent. Derrière, il y avait effectivement un individu. Tout d'abord, Violette pensa que c'était Chronos, puis, elle se ravisa, vue l'allure de l'individu.

Ils avaient dû se tromper de maison, c'était la seule explication !

Regardez-le, son allure était pitoyable ! On aurait dit qu'il s'était coiffé avec un pétard tellement ses cheveux étaient en désordre !

Et sa tenue...Il se prenait pour une star ou quoi ?! Un veston et un pantalon recouverts de paillettes jaunes ! Ça faisait mal aux yeux ! De plus, ses habits étaient bien trop petits pour lui. Le pantalon lui arrivait aux tibias, le veston au nombril et les...bottes avaient dégustées. Pour finir, un chapeau comme ceux des pirates, pailleté également, avec une plume sur le côté. Violette avait mal aux yeux de voir tout « ça » !

« A qui ai-je l'honneur ? demanda t-il en les regardant du haut des marches. Mais Hélios, pourquoi es-tu là ?

-Chronos ! J'ai besoin de ton aide ! lui dit-il en lui sautant à la figure. »

Violette pensa :

Là, on touche le fond...alors c'est ça le fameux

Chronos... »

Elle regarda du coin de l'œil son amie Anna. Visiblement elle pensait la même chose, vu son regard dégoûté !

« Hélios ! protestait Chronos, lâche-moi un peu et exprime toi mieux, je ne comprends rien à ton charabia !! »

Ils entrèrent alors à l'intérieur de la bâtisse et firent les présentations. Cet individu pailleté était donc bien Chronos. Violette se demandait comment cet individu pouvait jouer un rôle dans le plan de Hélios. Mais, elle n'allait pas tarder à le savoir.

« Chronos, lui dit Hélios sérieusement, nous avons besoin de toi pour...

-Je passe ! lui répondit Chronos dans la demi seconde qui suivit.

-Mais ! Je n'ai même pas fini et tu me réponds déjà !

-Mais je sais ce que tu allais demander et je ne peux pas.

-Excusez-moi si je vous dérange ! D it soudainement Violette. Hormis les présentations, je n'ai pas pu en placer une depuis notre arrivée ici ! Alors l'un ou l'autre, répondez-moi : pourquoi la lune s'écroule et comment pouvez-vous y remédier ?!

-Quel caractère, dit Chronos en

dardant sa langue fourchue tel un serpent, tu me plais petite ! »

Anna le fusilla du regard, finalement, mieux valait ne pas plaisanter avec Violette...

« Allez ! Je vais te répondre! lui dit Chronos en regardant Violette. Nous pensons que la lune menace de s'écrouler car la divinité lunaire se serait faite attaquer.

-Mais, quel rapport avec mon monde à moi ? demanda Violette.

-Souviens toi de ce que Anna t'a dit, lui dit-elle, ces deux mondes sont liés. Pour chaque événement dans le tien, ce monde-ci est également touché et inversement.

-Par conséquent, poursuivit Chronos, si notre monde est détruit, il en va de même pour le tien ! »

Il la regardait de son œil jaune, l'autre étant caché par ses cheveux verts. Vraiment un curieux personnage ce Chronos songea Violette.

« Et donc, finit Hélios, si la lune s'écroule dans ton monde, c'est parce que celle du notre menace également de tomber.

-Très bien, je comprends mieux dit alors Violette.

-Mais il reste un détail à éclaircir, intervint Anna. Que comptez-vous faire pour

empêcher cela Monsieur Hélios ? »
Heureusement qu' Anna était là, car Violette aurait pu en rester là.

« Pour accéder à certains endroits, il faut parfois emprunter des chemins bien particuliers, commença Hélios. »
Cela rappela à Violette la forêt aux arbres roses.

« Et si on pense que c'est quelqu'un qui est derrière tout ça, finit alors Chronos, c'est parce que le seul passage menant au domaine de la lune a été détruit. Ce qui se passe n'est donc pas un hasard.

-Et donc, poursuivit Hélios, si j'avais besoin de Chronos, c'était pour qu'il répare le passage en remontant le temps.

-Et je te réponds que je ne peux pas t'aider... lui répondit Chronos,

-Mais, s'il te plaît, Chonooooos!!!!dit alors Hélios. Tu dois bien pouvoir faire quelque chose toi non ?!

-J'ai dit non ! Remonter le temps sans la tour de l'horloge est trop risqué.

-Et pourquoi ça ? demanda Violette.

-Et bien, en gros, lui expliqua Chronos, la tour de l'horloge intemporelle représente l'écoulement du temps qui est identique depuis toujours entre nos deux mondes.

Si j'arrête le temps comme je sais le faire, ou si je l'avance dans mon monde, je briserai l'équilibre.

En effet , je n'ai d'influence que sur mon monde, pas sur le tien, celui des hommes. Donc, le rôle de cette horloge est de corriger ces décalages dans le temps, elle les rectifie en agissant sur ton monde. Nos deux mondes étant en miroir, il ne doit pas y avoir de décalage..

Changer le cours du temps alors que l'horloge temporelle n'est plus fonctionnelle pourrait provoquer un décalage temporel. Ce serait alors un changement si brutal qu'il pourrait rompre l'équilibre et séparer nos deux mondes.

-Anna ne savait pas que c'était possible, dit-elle étonnée.

-Mais je me demandais, dit Hélios, pourquoi avoir bloqué la tour au lieu d'utiliser tes pouvoirs ?

-Tu ne te rends pas compte Hélios ! La lune est un astre, je veux bien reconnaître que je suis incroyable mais là, tu me surestimes! Geler dans le temps une si grande chose est hors de ma portée.

J'aurai aimé pouvoir freiner la chute de la lune mais je n'en ai pas les capacités...alors j'ai utilisé la tour de l'horloge intemporelle espérant au moins la freiner.

Et même en détraquant la tour de l'horloge intemporelle, la lune menace quand même de s'écraser à cause de la gravité terrestre.

-Et pourquoi on ne va pas la réparer cette horloge ? suggéra Hélios. Ainsi tu pourras remonter le temps et réparer le passage !

-Tu rigoles ?! Si on restaure l'horloge, alors la lune ira s'écraser illico presto, puisque le temps sera à nouveau en marche !

Mais, de toute façon, même moi je ne peux plus rien faire. La zone autour de la tour est tellement instable que tu serais figé avant même d'y pénétrer. Même moi, lorsque je m'y suis rendu pour l'arrêter, j'ai eu peur de me retrouver figé également. J'ai pris la fuite à une telle vitesse que mes vêtements n'ont pas suivi, dit-il alors dépité !

Je me suis retrouvé nu comme un vers ! N'empêche, ajouta t-il, en enlevant le veston, ce qu'il fait chaud dans les vêtements de Midas. »

Chronos laissa apparaître son torse et ses épaules. Il avait çà et là quelques écailles mais surtout, sur ses épaules, il y avait deux yeux géants dont la pupille formait des aiguilles d'horloge.

Violette eut un air de dégoût ! Quelle drôle de créature…

Hélios, voyant cela, lui fit remettre son veston de force.

Et alors qu'Hélios rouspétait après Chronos, Anna qui le regardait d'un regard condescendant, Violette les stoppa en disant :

« N'y a t-il aucun autre moyen ? »

Tout le monde se tourna vers elle.

« Ne pourrait-on pas réparer le passage d'une autre manière ? »

En effet, jusqu'à présent, tous pensaient que c'était impossible sans Chronos, mais...

« Il y en a un, annonça Chronos... »

Maintenant que le problème était étalé au grand jour, d'autres questions se posaient.

Qui donc était à l'œuvre dans l'ombre ?
Comment faire pour réparer ce passage ?
Y arriveront-ils à temps ?

Chapitre 11

Après avoir entendu la nouvelle par Chronos, Violette, Anna et Hélios ne traînèrent pas pour partir. Chronos leur avait tout expliqué dans les moindres détails.

Mais, une fois dehors, Hélios se rendit compte qu'il faisait nuit. Malheureusement, sa raie ne volait que de jour. Ce fut donc une excellente nouvelle pour Chronos qui n'aimait pas la solitude. Bizarrement une nouvelle beaucoup moins réjouissante pour Anna, qui semblait ne pas approuver la présence de Chronos lorsqu'elle dormirait. Fort heureusement, Chronos, à croire qu'il était medium, avait déjà prévu une autre chambre pour Violette et Anna.

« Et moi ? demanda Hélios.

-Par terre ça me semble bien, lui répondit Chronos.

-Quoi ?! Puisque c'est comme ça, je dormirai avec Violette ! dit-il en se cachant derrière elle.

-Anna vivante, jamais ! lui dit-elle en l'écartant de Violette, elle ne vous laissera aucunement faire une telle chose !

-Et bien, puisque c'est comme ça, dit Chronos, tu dormiras avec moi, lui dit-il en l'attrapant par sa cape.

-Noon!!Au secours !! Je voulais être avec Violette !

-Mais oui...allez, bonne nuit Mesdames dit-il avant de fermer la porte et en faisant la révérence. »

Violette se retrouva seule avec Anna.

« Quel pervers, dit Anna, quels drôles d'individus !!

-Lequel ? demanda Violette.

-Les deux ! répondit Anna comme si cela était évident.

-Anna, commença Violette, comment se fait-il que Chronos puisse avoir toutes ces informations ? Même Hélios avait l'air d'ignorer qu'on pouvait réparer ce passage.

-Malgré ses airs négligés, Chronos est quelqu'un de très influent sur la société. C'est quelqu'un de très puissant, et ce dans tous les sens du terme, politiquement, matériellement...Bien que les divinités soient censées être supérieures aux individus communs, Chronos fait partie d'une catégorie encore plus grande que les divinités de ce monde. Les membres de cette catégorie se comptent sur les doigts d'une main. Et bien que Hélios ait un rôle important, lui non plus ne déroge pas à la règle

-Seulement quelques uns ? Et dis moi, tout à l'heure, Chronos a mentionné la présence de deux choses pour réparer le passage. Il a dit qu'il nous fallait le « miroir de l'éclipse » et « un esprit intemporel ». Mais c'est quoi un « esprit intemporel » ? »

Soudain, Hélios rentra dans la chambre sans crier gare.

« Laisse moi t'expliquer, commença t-il.... »

Par réflexe, Anna lui envoya un oreiller en plein dans la figure.

« Qui êtes-vous pour vous permettre de venir dans une chambre de dames ! Anna pense vraiment qu'il vous manque une case et vous étiez en train d'épier notre conversation en plus !

-Vraiment, dit-il en se rapprochant, on me le dit souvent.

-Ne riez pas au nez d'Anna ! Écartez-vous d'elle ! »
Anna n'appréciait pas cette intrusion mais elle reprit ses esprits.

« Anna pense que vous pourrez répondre à la question de Violette. Anna vous épargne donc pour cette fois !

-Pour cette fois...répéta t-il tout bas. Oui, laisse moi t'expliquer Violette.

Les esprits intemporels, ce sont les incarnations de la nature. Ce sont des êtres vivants qui ne font parti ni de ce monde ni du tien.

Pour être plus précis, ce sont eux qui relient nos deux mondes.

-Ça me rappelle la tour de l'horloge intemporelle, se souvint Violette.

-Et bien, dit Hélios, globalement, tout ce qui porte l'adjectif « intemporel » relie d'une manière ou d'une autre nos deux mondes.

Mais, contrairement à une simple horloge, les esprits intemporels sont des individus nés à partir de rien. On les appelle les enfants de dame nature ou encore les incarnations de la nature. Leur grande particularité c'est qu'ils vivent éternellement et ce sont eux qui ont créé la plupart des passages entre nos mondes. Comme celui du pont sur lequel tu m'avais suivi...

-Ils sont capables d'une telle prouesse? s'exclama Violette émerveillée.

-Anna est septique, ces esprits ne sont jamais apparus réellement. Ils relèvent plutôt des légendes et de la mythologie. Peut-on réellement affirmer qu'ils existent bel et bien ?

-Pourquoi penses-tu qu'ils n'existent

pas Anna ? lui demanda Violette.

-Leur existence n'a jamais été prouvée...bien qu'il y ait des traces, ça s'arrête là ! Et Anna ne peut avoir confiance en ce qu'elle ne peut pas constater.

-Je te comprends Anna, dit Hélios, mais pour en trouver un , j'ai ma petite idée, ne t'inquiète pas !

-Et comment comptes-tu t'y prendre? demanda Violette, curieuse.

-Secret d'état, lui répondit-il en lui adressant un clin d'œil.

-Organisez-vous pour que ce soit un plan pertinent au moins, lui rétorqua Anna.

-Et pour le miroir, poursuivit Violette, Chronos a dit qu'il se trouvait dans le désert. Mais il ne sait pas où exactement.

-Pour ça aussi j'ai ma petite idée, lui dit-il encore en souriant.

-Espérons que ce soit suffisant, ironisa Anna. Bon, et maintenant Monsieur Hélios, Anna pense qu'il est l'heure d'aller dormir. Il ne faudrait pas tomber de fatigue demain.

-Tu as raison, bonne nuit, dit-il en s'enroulant dans les draps

-Ça, c'est NOTRE lit, dit Violette en le chassant d'un coup de pied. Toi tu vas avec Chronos !! »

Hélios, la tête baissée, sortit résigné.

Le lendemain le soleil était déjà bien haut lorsque Violette et les autres s'envolèrent.

Où Hélios avait-il l'intention d'emmener Violette ?

Son plan sera t-il sans faille ?

Comment allaient-ils procéder ?

Chapitre 12

La raie volante continuait à prendre de l'altitude. L'air était plus froid, mais en même temps, les rayons du soleil étaient de plus en plus chauds. Et l'ascension continuait et continuait encore.

Où donc Hélios les emmenait-il ? Violette le lui avait demandé à plusieurs reprises mais rien n'y faisait, il tenait à garder la surprise.

La température montait et le soleil continuait à se rapprocher.

« Hélios ! l'appela Violette, si tu continues, on va finir par brûler là !

-Nous y sommes presque, dit-il en regardant le soleil.

-Quoi ? Je sais que tu es la divinité du soleil mais là, ça devient dangereux !

-Mais non, dit-il en souriant. »

Soudain, Violette entendit la raie pousser un cri et elle accéléra.

« On fonce droit sur le soleil ! » cria Violette en s'agrippant à Anna.

Quand enfin la raie se mit à ralentir, Violette n'en pouvait plus.

Mais curieusement, la chaleur du soleil semblait décroître. Hélios avait-il fait demi-tour ?

Et alors que la raie atterrissait triomphalement sur une terrasse suspendue dans le vide,
Violette regarda en l'air, le soleil était au-dessus d'eux ..mais ne les brûlait pas !

« Hélios, demanda Violette en se relevant, où sommes-nous ?

-Nous sommes chez moi, sur la terre du soleil !

-Pourquoi donc nous avez- vous entraîné ici ? demanda Anna.

-Très bonne question, car il y a quelqu'un qui va nous aider à tout localiser avec précision.

-C'est possible ? demanda Violette étonnée.

-Bien sûr ! Maintenant, laissez-moi vous montrer ma demeure, dit-il avec les paumes vers le ciel dans un geste théâtral.

-Ne seriez-vous pas resté un peu trop de temps avec Chronos ? lui demanda Anna avec un regard plein de jugements.
Anna constate que son extravagance vous a contaminé.

-Quoi ?! dit-il avec une tête déçue, toi Violette tu dois.. » en croisant le regard de Violette plein de jugements , il ne put continuer tellement il était sous le choc !

« Bon...c'est par là ! » dit-il en prenant

le devant de la marche.

Encore une fois, on avait droit à une architecture insolite.

Violette ne l'avait pas remarqué, mais dès le début, ils étaient sur du construit.

L'île elle-même était composée de grandes tours reliées les unes aux autres par des ponts. Quant à la plus haute, au centre, elle semblait toucher le soleil de sa hauteur, telle une flèche qui s'y était plantée.

Les lieux étaient ornés de dorures et de tapisseries somptueuses arborant les mêmes signes que la raie, présent également sur le sol en marbre.

En marchant sur les ponts on pouvait voir le vide en dessous comme si, à part les ponts rien ne reliait les tours.

Entre elles volaient des petites raies, passant au dessus et en dessous des ponts.

Après être enfin entrés dans la grande tour, qui était encore bien plus large que les autres déjà énormes, les voilà de nouveau confrontés à un escalier. En plus d'être plus grande, le décor y était encore plus soigné. C'était deux grands escaliers qui se rejoignaient pour n'en former qu'un avant d'arriver en haut.

Après l'avoir gravi, ils débouchèrent sur une

immense salle aux grands piliers.

Quelqu'un venait les retrouver.

Violette fit son analyse. Ses yeux étaient vermillons. Ses pupilles étaient également en étoile à quatre branches, mais comme un plus cette fois. Enfin ses pupilles...son œil gauche était caché par une mèche. Ses cheveux était or un peu plus clair que ceux d'Hélios. Sa peau était plus claire, comparée au teint bronzé d'Hélios. Son haut était vêtu de plein de kimonos portés les uns sur les autres, en dégradé de jaunes, le plus foncé en dernier. Il portait un long manteau mais tombant en dessous des épaules, qui était couleur or à l'extérieur et bleu nuit constellé de paillettes blanches ici et là brillant telles des étoiles dans la nuit à l'intérieur. Enfin, ce qui le rendait extraordinaire pour Violette, c'était ses jambes. Ce n'était que de la fumée, comme un génie et deux rubans qui flottaient autour de lui au dessus des épaules et ressemblait à un ciel nocturne. Cet individu avait un certain charisme.

« Astréus ! l'appela Hélios en écartant les bras, comme je suis content de te revoir !

-Et moi donc, dit-il en souriant. »

Mais, Violette ressentait un certain agacement de Astréus, même si elle ne pouvait dire

73

comment.

« Dis-moi Hélios, commença Astréus, tu m'as dit que tu allais régler le problème avec la lune, alors pourquoi au lieu de travailler tu viens te la couler douce !? dit-il en souriant mais avec un ton plus agacé.

-Pardon !!!? lui répondit Hélios, bouche bée de cette accusation.

-Alors que je me démène pour que tu puisses régler le problème, toi pendant ce temps, tu fais la cour aux demoiselles !

-Attends...

-Non ! Tu as toujours été coureur de jupons, mais là, tu dépasses les bornes ! L'avenir du monde est en danger et toi tu les emmènes ici, histoire de passer un bon moment !

-Une petite minute, intervint Violette, nous ne sommes pas là pour prendre du bon temps ! C'est justement pour régler ce problème que nous venons ici.

-Oh...je vois...dit-il d'une voix enjouée en se radoucissant. Tu aurais dû me prévenir Hélios...mais…

HÉLIOS!!!! reprit-il d'une voix cette fois menaçante...comment as-tu osé ?! Tu as impliqué une humaine là dedans !!! Inconscient !!!

-Attend...laisse moi t'ex...Ahhhhh ! »

Hélios, qui venait de se prendre un coup de télescope sur la tête resta à terre. Astréus se tourna alors vers Violette en passant de la colère à la joie...décidément, il était très lunatique !

« Ma pauvre enfant, dit-il alors en lui prenant les joues, ne t'inquiète pas. Nous allons te renvoyer chez toi...tu n'as plus rien à craindre.

-Ah mais non ! protesta Violette. Je suis venue de mon plein gré ! »
Violette lui expliqua tout ce qu'il s'était passé dans les moindres détails.

« Très bien, dit Astréus, je comprends à présent. Je te présente mes excuses Hélios, lui dit-il en lui passant la main sur l'épaule alors qu'il se relevait tout juste.

-C'est toujours la même chose avec toi, râla Hélios, tu démarres toujours au quart de tour !

-Peut-être, mais la plupart du temps, j'ai quand même raison, bougonna Astréus.

-Vous voulez bien nous épargner vos disputes, intervint Violette.

-Oui, reconnut Astréus, vous avez raison, ça n'est pas correct...c'est amusant, vous êtes la première humaine à parvenir jusqu'ici, je n'ai pas l'habitude...

Je me présente, je suis Astréus, fils cadet du soleil, divinité stellaire.

-Cadet ? demanda Violette interloquée.

-Anna croit avoir compris, vous êtes frères vous et Hélios ?

-Quoi !? dit Violette choquée. Ils ne se ressemblent en rien !

-On n'est pas là pour parler de moi, intervint Hélios. Astréus, il faut que tu nous aides !!

-Pas de problèmes...Violette m'a raconté, je vais vous trouver tout ça en deux temps trois mouvements ! »

Violette émettait un certain doute…

Comment Astréus pourrait-il les aider ? Était-ce possible ?

Et surtout, comment Hélios et lui pouvaient-ils être frères ?!

Chapitre 13

Alors qu'ils avançaient vers le haut de la tour, Violette semblait toujours choquée par l'annonce qu'Anna avait faite. Elle n'avait pas fait attention de suite, mais il y avait plein d'êtres de lumière qui se promenaient. Elle les avait remarqués car certains portaient un voile au niveau du visage.

Ils arrivèrent devant une grande porte que deux grands scorpions, d'un noir profond gardaient. Ces derniers avaient eux aussi des motifs dorés semblables à ceux des raies. Lorsque la porte s'ouvrit, Violette vit une bibliothèque à 4, non 6 estrades garnies d'étagères remplies de livres, parchemins et rouleaux. Ici, des cartes et des documents étaient accrochés sur les immenses piliers de marbre bleu. Là, des êtres à l'apparence de parchemin tapaient la causette.

« C'est impressionnant ! s'exclama Violette les yeux pétillants.

-Voici la pièce où je passe tout mon temps, affirma Astréus. N'est-elle pas merveilleuse ?

-La lecture c'est trop long, intervint Hélios, ça n'est que du papier !

-Peut-être parce que vous ne savez pas

apprécier les bonnes choses, rétorqua Anna avec un petit sourire narquois.

-Bien dit Anna ! Renchérit Astréus, elles, elles ont du goût, contrairement à certains ! Mais passons, cette salle n'est pas celle où je vais chercher...

-Ah bon, dit Violette déçue, je pensais que vous trouveriez l'information dans un livre.

-On pourrait effectivement mais la lune se sera écrasée bien avant ! affirma Astréus. Il nous faut une méthode plus rapide. » dit-il en ouvrant une grande porte au fond.

Elle débouchait sur une salle à ciel ouvert avec un télescope titanesque, d'une grandeur presque effrayante !

« C'est avec ceci que je vais procéder annonça t-il. Répète moi Hélios, il te faut...

-Le miroir de l'éclipse et il faudrait que tu me localises un esprit intemporel.

-Le miroir c'est dans la poche mais pour l'esprit, si tu n'as aucun objet lui appartenant ou alors un cheveu...je ne peux rien te garantir. Ces esprits sont tellement doués pour se fondre dans la nature que même pour moi c'est trop complexe de les trouver. Mais qui ne tente rien n'a rien ! »

Sur ces entre-faits, il alla se mettre en place et

les portes se refermèrent.

« Si un télescope suffisait pour les trouver, commença Violette, à quoi bon le lui demander à lui ?

-Tu sais, lui expliqua Hélios, il fait plus que regarder simplement avec un télescope. Astréus est une divinité également et il a les capacités qui vont avec.
As-tu remarqué son œil caché ?

-Oui je l'ai vu, lui répondit Violette.

-Cet œil lui permet de tout voir et de repérer absolument n'importe quoi s'il a un échantillon de ce qu'il cherche. De plus, il est le seul je dis bien la seule divinité à pouvoir observer ton monde Violette.

-Comment est-ce possible? s'exclamèrent Violette et Anna d'une seule voix.

-Par l'intermédiaire du télescope intemporel, il peut voir absolument tout, même le monde de l'homme.

-Anna va lui demander si elle peut lire dans la bibliothèque, dit-elle en s'approchant de la porte.

-NON !!!! cria Hélios, qui l'arrêta net ! Il y a cependant un inconvénient. S'il garde son œil constamment fermé et caché, c'est parce que lorsqu'il l'ouvre, l'énergie dégagée est semblable à une étoile. Dans le meilleur des cas, tes yeux seront calcinés et dans le pire, tu ne serais plus qu'un tas de cendres.

-Effectivement, Anna trouve cela terrifiant ! »

C'est alors que Astréus ouvrit les portes d'un coup sec, ce qui fit sursauter Violette et les autres.

« Comme je le pensais, annonça t-il, je n'ai pas trouvé l'esprit mais j'ai quand même dégoté un truc sympa, dit-il alors en prenant une plume et une carte.

Le miroir se trouve ici, dit-il en faisant une croix. Quant à là, dit-il en traçant une autre croix, il y a la prison secrète où est enfermé l'esprit intemporel des miroirs.

-Comme je le pensais, tu as réussi, dit alors Hélios d'une voix gaga en le prenant dans les bras. Ça c'est mon frère ! C'est bien, je suis fier de toi !! »

Violette, spectatrice de cette scène, resta consternée. Anna l'était également.

« C'est sûrement parce qu'ils sont frères, annonça Violette.

-Tu as sans doute raison, confirma Anna dubitative, curieuse chose qu'est la fratrie tout de même...

-Bon, reprit Hélios, c'est pas tout ça

mais nous, on a un miroir à chercher ! Direction le désert pour commencer, d'accord Astréus ?

-Oui, tu sais où aller. »

Visiblement, ils semblaient avoir une idée derrière la tête mais bien sûr, ils voulaient garder la surprise.
Cependant, alors qu'Hélios emmenait Anna, Violette resta afin de pouvoir demander quelque chose à Astréus.

« Excuse-moi, commença t-elle, je peux te demander une faveur ?

-Je t'écoute mon enfant, qu'y a t-il ?

-Tu es bien capable de retrouver quelqu'un si tu détiens un objet lui appartenant hein ?

-Tout à fait !

-Penses-tu retrouver son propriétaire, lui demanda t-elle en lui tendant sa fleur porte bonheur.

-Mais....cette fleur ? »
Elle lui raconta comment elle l'avait obtenue.

« Très bien, commença Astréus, honnêtement, je ne pensais pas que c'était possible...ce que tu détiens est une fleur d'Yggdrasil. Et jusqu'à aujourd'hui, il n'y a qu'un seul individu à avoir été capable d'atteindre cet arbre mythique...il s'agit de....

-Quoi ? »

Comment était-ce possible? Était-ce un coup du sors ?

Ou bien un signe du destin?

Ce qui était sûr, c'est que cette rencontre pourrait bien changer le monde...

Chapitre 14

« Quoi ? redemanda Violette, inquiète, en es-tu sûr ?!

-Hélas...c'est bien le cas, lui répondit Astréus, j'ai scruté toute la planète, que ce soit dans mon monde ou le tien...et le résultat est sans appel, la personne que tu cherches, elle n'existe plus...

-Comment pouvez-vous me dire une chose pareille ? s'emporta Violette. Peut-être vous a t-il échappé ?

-En effet, ça n'est pas une science exacte. Mais, j'ai confiance en mes capacités, et je peux t'assurer qu'il n'est ni sur Terre, ni sur une île volante, ni dans la mer ou les marécages. Mais peut-être se trouve t-il plus loin encore...ceci étant, n'en parle qu'à ceux en qui tu as confiance...on ne sait jamais ! »

Astréus prit Violette dans ses bras alors qu'elle avait les yeux larmoyants. Sa chaleur, douce, apaisante lui rappelait sa grand-mère. Cette manière de la consoler, elle la connaissait bien.

Soudain, on entendait au loin...

Violette ? Violette !

« Oups...se souvint Astréus, Hélios s'impatiente, va le rejoindre. Et surtout, lui dit-il avant qu'elle ne franchisse la porte, ne perds jamais espoir ! »

Oui, Astréus a raison, pensa Violette, *si je m'écroule maintenant, alors qui sera en mesure de sauver le monde, ma famille, mes amis, ces gens merveilleux que j'ai rencontré lors de ce périple...si je ne prends pas les devants, personne ne le fera à ma place !*

Après avoir rejoint Hélios et Anna, ils se rendirent tous les trois sur une plateforme avec au dessus d'eux le télescope pointé dans leur direction. Une grande lumière les aveugla d'un coup.

Et avant qu'ils comprennent ce qu'il s'était passé, Violette, Anna et Hélios se trouvaient dans un endroit où le sable se voyait à perte de vue. Le désert ? Mais comment ?

« Ils vous en bouche un coin mon frère hein !! Grâce au télescope intemporel et au pouvoir de son œil, leur expliqua Hélios, Astréus est capable d'envoyer la matière à l'endroit qu'il voit dans la loupe du télescope ! Bon, ce procédé ne nous téléporte que dans un rayon de dix kilomètres mais ça va déjà nous faire gagner un sacré temps !

-Tu aurais pu prévenir !! Moi, j'ai eu la peur de ma vie ! hurla Violette toute tremblante.

-Anna partage ton avis....ajouta t-elle, recroquevillée et tremblante de peur elle aussi. »

Alors qu'ils se mettaient en chemin et pendant qu'Hélios essayait de se faire pardonner auprès d'Anna toujours sous le choc, Violette réfléchissait...Elle pensait passer à côté d'un élément important. Et à trop réfléchir, elle ne se rendit même pas compte qu'ils étaient arrivés aux abords de le ville. A trop y penser elle en avait mal à la tête. Elle finit donc par se dire qu'elle y réfléchirait plus tard.

Ici, l'architecture était moins surréaliste. Les bâtiments avaient des toits plats, il y avait beaucoup de fenêtres mais sans vitres, pas de porte, seulement des fils et des perles qui pendaient. Très vite, en s'enfonçant dans la ville, ils furent pris dans le souk. D'après Anna, c'était l'un des plus grands marché où on pouvait y trouver de tout. Mais surtout, beaucoup de n'importe quoi aussi ! Des contrefaçons, des arnaques, également beaucoup de vols selon Hélios. Ce dernier prit quelques précautions et insista pour que Violette et Anna portent une longue cape comme lui. Effectivement, ici, tout le monde portait une cape. Parfois, on devinait des scorpions avec leur dard qui dépassait. D'autres étaient complètement méconnaissables. On était venu accoster Violette à plusieurs reprises, mais tous se faisaient jeter par Anna.

Alors qu'ils poursuivaient leur route, un individu, muni d'une cape couleur sable dont la capuche dissimulait son visage, les accosta. Et lui, il était tenace ! Ils ont essayé de le semer, de le repousser, rien n'y faisait ! Alors qu'Hélios allait le repousser à nouveau, l'individu hurla :

« RA notre seigneur est arrivé ! » et il souleva la capuche d'Hélios.

Tout de suite, il y eu une énorme agitation, tout le monde se poussait et s'agglomérerait autour d'Hélios.
Violette, Anna et Hélios parvinrent à s'extraire en compagnie de leur intrus plus que tenace visiblement.

« Toi, l'agressa Violette encore essoufflée par leur course, qu'est-ce que tu nous veux !?!

-Et qu'est ce qu'il vous a pris de provoquer une telle émeute ?! renchérit Anna.

-J'ai une affaire à vous proposer, leur dit-il de sa voix roque et sablonneuse.

-On n'est pas intéressés ! cria alors

Hélios.

-Dois-je comprendre que vous ne cherchez pas le miroir de l'éclipse ? »

Comment cet individu pouvait-il savoir ce que Violette et les autres cherchaient ?

Qui pouvait-il bien être ?

Violette parviendra t-elle à se souvenir du détail qui lui avait échappé ?

Chapitre 15

Pour parler de « l'affaire » que proposait l'individu et afin d'être un peu plus à l'abri des regards, Violette et les autres s'installèrent dans une sorte de café.

A côté d'elle, se trouvait évidemment Anna et en face, l'étrange marchand. Après avoir commandé des boissons rafraîchissantes, Violette engagea la conversation :

« Par rapport au miroir, le questionna t-elle, vous l'avez vraiment ?

-Le miroir de l'éclipse n'est la propriété de personne, annonça t-il de sa voix sablonneuse après un long silence. Mais une chose est sûre, sans mon aide, jamais vous ne pourrez mettre la main dessus !

-Anna pense que cela sent l'entourloupe à plein nez...souffla t-elle à Violette, il a dû nous entendre ou nous suivre dans le désert, c'est sûrement pour cela qu'il sait ce que nous cherchons !

-Je suis profondément navré que vous réagissiez de la sorte, soupira l'individu. Cependant, sachez que je suis de bonne foi !

-Et bien, renchérit Violette, il est vrai que je penche plus en faveur d'Anna. Et toi Hélios, qu'en penses-tu ?

-Il est vrai que l'opinion d'Anna est plus que convaincante, commença t-il étonnamment sérieux. Mais mon intuition me dit que nous pouvons faire confiance à son histoire. »

L'individu tiqua, puis reprit tout haut sur un ton presque sarcastique :

« Quelle intuition….

-Bon, poursuivit Violette, puisque Hélios y croit, je veux bien faire un effort.

-Anna reste sur ses positions...cela lui semble un peu trop beau pour être vrai ! affirma t-elle.

-Et quel serait donc ton prix ? lui demanda Hélios.

-Cette jeune fille...commença t-il en désignant Violette de la tête, dites-moi...jeune demoiselle...humaine...pourriez-vous me prêter un court instant cette fleur qui vous est si chère ? »

Anna se leva d'un coup.

« Anna en était sûre ! Vous nous avez suivi, autrement vous ne sauriez pas qu'elle détient cet objet !

-Si c'est pour quelques instants, ça ne m'embête pas le moins du monde, répondit Violette en cherchant dans son sac.

-Mais...continua Anna, tu as bien

raconté à Anna pourquoi cette fleur était si précieuse pour toi. Une fois qu'elle sera entre ses mains, il prendra ses jambes à son cou c'est évident !

-Ne t'inquiètes pas Anna, la rassura Violette, ce n'est que pour un court instant.

-Quelle confiance en autrui, reconnut Anna, cela risque de te jouer des tours... »

Une fois en main, l'individu regarda longuement la fleur, l'examina. Violette remarqua que ses mains semblaient, aussi sèches que du charbon et elles étaient toute cloquées, encore plus que le dos d'un crapaud. De plus, ses doigts étaient squelettiques au possible et ses ongles noirs semblaient être des griffes. A chacun de ses mouvements, on percevait un crissement.

Puis, d'un coup, les sortes de lumières ressemblant à des aurores boréales refirent surface ! Elles se rassemblaient autour de l'individu qui murmurait des paroles !

Et puis, tout s'arrêta d'un coup ! La cape de l'individu tomba devenant sable ! C'était une réelle métamorphose qui venait de se produire là, devant nous . Violette se retrouvait face à un individu à l'apparence humaine. Ses cheveux était de couleur rouge écarlate, sa peau était bronzée couleur caramel. Il portait un sarouel avec des grosses rayures verticales, un peu dans le style d'Hélios, et des souliers d'or avec une pointe vers le haut. Il portait de gros colliers en or et pleins de bracelets également. Il était vêtu d'un veston court, et sur la tête un voile ou un turban de couleur verte.

Enfin, son visage aux traits fins, maquillé tel un pharaon comportait deux pupilles dont le pourtour était légèrement vert et l'intérieur couleur or. Et surtout, ses pupilles n'étaient pas tout à fait rondes, on pouvait distinguer la même forme des deux côtés.

 « Merci bien les enfants ! commença t-il. Maintenant que je suis présentable, laissez-moi me présenter à vous...Ash, divinité du désert, des oasis fertiles et protecteur des marchands.

 -Comment ? réagit Anna époustouflée, une divinité ?!

 -Voilà qui est rassurant reconnu Violette apaisée, j'avais un peu peur pour ma fleur en réalité !

 -Écarte toi !! hurla Hélios soudainement, s'adressant à Ash.

 -Mais non enfin, tu es notre Dieu, Ra...

 -Je te l'ai suffisamment répété, s'énerva Hélios, je ne suis pas Ra mais Hélios c'est simple pourtant non ?!

-C'est quoi cette histoire là ? demanda Violette.

-Anna va te répondre. Ici dans le désert, les individus sont persuadés que le soleil est le commencement de tout. Ils le vénèrent et l'ont appelé Ra, leur protecteur.

-Et donc, finit Ash, Messire Hélios est un envoyé de notre Ra et donc en tant que serviteur dévoué de Ra, je ne peux m'empêcher d'être dans tous mes états en leurs présence !

-Leur ?... demanda Violette. Ah oui, Astréus ! se souvint-elle.

-C'est exact, affirma Hélios. Ce type est un vrai pot de colle ! Il a fallu qu'il devienne une divinité pour qu'enfin il nous lâche la grappe !

-Et d'ailleurs, poursuivit Ash, j'ai été très déçu de ne pas avoir de visite de ta part. Même Astréus a fait l'effort ! Enfin...reprit-il calmement, nous ne sommes pas là pour parler chiffon ! Vous avez dit vouloir le miroir de l'éclipse, alors je vais vous expliquer où il se trouve.

-Mais, demanda Violette, comment se fait-il que vous ayez emprunté cette forme ? Et en quoi cela a t-il un rapport avec le miroir ?

-Il se trouve que j'ai été maudit...expliqua Ash. Mais c'est à cause de ce Marchant de sable ! Quel sorcier vicieux ! Et donc étant donné que cette fleur émane un pouvoir sacré, je me suis dit que ça pouvait marcher. »

Une petite minute pensa Violette*, l'histoire du Marchand de sable, le sorcier je le connais...c'est ma grand-mère qui me l'a racontée.* Violette avait l'impression de recoller les pièces du puzzle, tout devenait clair, ce qu'elle cherchait !

« C'est ça, hurla t-elle en pensant tout haut , ma grand-mère avait reconnu la fleur, j'en suis sûre à présent !

-De quoi parle t-elle ? se demandèrent Hélios et Anna en se regardant mutuellement.

-Elle vient d'avoir la réponse à ce qu'elle cherchait depuis tout à l'heure expliqua Ash.

-Mais comment le sais-tu ? lui demanda Violette.

-Ah oui...répondit Ash hésitant...je ne vous l'ai pas encore dit mais...si je vous ai trouvé c'est parce que je lis dans les pensées d'autrui...

-Sérieusement ? demanda Violette épatée.

-Et oui je sais je suis épatant n'est-ce pas, enchaîna Ash sarcastique. Sur ce, dit-il en se levant, nous avons un miroir à aller chercher. Il faudra être extrêmement prudents si vous tenez à la vie... »

Avec cette dernière phrase, que voulait dire Ash ?

Le miroir de l'éclipse serait-il donc inaccessible ?

Et la grande interrogation, quel rapport la grand-mère de Violette avait avec ce monde qui ne lui semblait pas inconnu ?

Chapitre 16

Avec Ash comme guide, Violette et les autres étaient sortis de la ville pour rejoindre le désert.

Maintenant qu'elle n'était plus focalisée sur ce qui la tracassait tant, Violette constatait à quel point il pouvait faire chaud, d'autant plus que le soleil était de plus en plus haut.

« Dis moi Violette, commença Hélios, tout à l'heure, tu as prêté ta fleur à Ash...Alors, dis-moi, lors de notre première rencontre, au marché, au lieu de te prendre ton sac dans le but de te dérober cette fleur...En fait je pensais cette fleur capable de réparer le passage de la lune...avant de comprendre que cela était impossible...

-Continue...l'invita Violette, intriguée.

-Si je te l'avais demandé, me l'aurais-tu confié ? lui demanda t-il.

-Ah ça jamais ! affirma Violette cash !

-Quoi ?! réagit Hélios , choqué.

-Réfléchis, non seulement elle ne t'aurait pas aidé, et en plus, si je te l'avais donné, il m'aurait été impossible de visiter votre monde, de rencontrer Anna et tous les autres. Et puis, tu es bien trop louche et maladroit, tu l'aurais faite faner ! Mais je dois dire quand même que c'est grâce à cela que nous en sommes là aujourd'hui. Donc, je suis contente que tu ne me l'aies pas demandée finalement.

-Je vois...dit-il rassuré.

-Dis moi Ra, commença Ash, tu n'es tout de même pas jaloux parce qu'elle m'a prêté la fleur et pas à toi ?

-Mais pas du tout ! lui répondit-il niant tout en bloc. Et mon prénom c'est Hélios !!!

-Mais oui...mais oui...continua Ash.

-Ça alors...Anna ne vous pensait pas comme ça ! intervint-elle en ricanant.

-Mais....arrêtez !!! grogna Hélios. »
Ash s'arrêta ensuite devant un grand trou où le sable y roulait.

« Qu'est ce que c'est ? demanda Violette partagée entre la curiosité et la peur.

-Tu sais, lui expliqua Ash, malgré les apparences, ce désert est en réalité également une île volante, c'est d'ailleurs la plus grande de ce monde. Le désert est continuellement baigné de lumière, mais cependant, cela nuit à ce qu'il y a juste en dessous de cette île, qu'on a d'ailleurs baptisé de désert sans lumière. Entre la chaleur et le froid, une fois à l'intérieur,   impossible   d'y   vivre convenablement. Ces terres sont les plus sinistres à mon sens.

-Et donc, compris Violette, ce trou est un trou dans l'île du désert ?

-Exactement !

-Et on va devoir y aller ?

-Fort heureusement, la rassura Ash, vous n'aurez pas à vous donner cette peine. Le miroir n'est pas ici, mais c'est ce qu'il renferme qui a causé cela.

-Ce qu'il renferme, demanda Violette en reprenant la marche.

-En effet, celle qui y est enfermée s'appelle Jormungand. Autrefois, c'était la divinité de ces terres privées de lumière. Elle faisait même partie du cercle supérieur des divinités.

-Le cercle supérieur ?

-Exactement, lui expliqua Anna, ce cercle est composé d'une poignée de divinités, aussi puissantes et importantes que Chronos. Ce sont ces divinités qui règlent les conflits majeurs de ce monde en se réunissant pour débattre et écouter l'avis de chacun. On les appelle les divinités supérieures. Pour atteindre ce rang, il faut être incroyable dans tous les sens du terme.

-Vous avez raison Anna, confirma Ash, ils sont particulièrement puissants !

-Et pourquoi celle-ci a t-elle été enfermée ? demanda Violette.

-Parce qu'elle a failli rompre l'équilibre du monde, répondit Hélios.

-Comment ?

-Elle a été responsable de plusieurs atrocités, poursuivit Hélios, mais son acte le plus célèbre est celui d'avoir tué un esprit intemporel.

-Quoi ?! rétorqua Violette choquée, elle a vraiment... ?

-Oui continua Ash, d'ailleurs, normalement, je n'ai pas le droit de vous conduire jusqu'à sa geôle. Si Ra me l'avait demandé, il m'aurait été difficile d'accepter sa requête. Mais tu m'as sauvé jeune fille, et de plus, sans cela, le monde est condamné....

-Anna ne se souvient pas avoir parlé de la fin du monde, dit-elle méfiante.

-Ah oui, en plus de lire les pensées, j'ai également un don de voyance.

-Mais vous les cumulez ces pouvoirs ma parole ! répondit Anna.

-On ne m'a pas confié ce miroir pour rien !!

-Oui enfin malgré ta voyance, tu t'es quand même fait maudire par ce fameux Marchand de sable, affirma Hélios sur un ton ironique.

-Et bien, figure toi qu'il a fallu 17 tentatives avant d'y parvenir !! » rétorqua Ash, touché.

Violette et les autres arrivèrent enfin au bon endroit. On ne voyait que du sable à perte de vue.

Puis, droit devant, un oasis, qui semblait presque être une illusion. Il était petit, mais l'eau au centre était bleu ciel, sans aucune impureté ; et la végétation qui l'entourait était vert intense. Dans l'eau, on distinguait une masse sombre au fond. Enfin, depuis une coupe d'or posée sur une rose du désert coulait cette eau si pure.

« Qu'est ce que c'est ? demanda Violette.

-Au fond de l'eau, il y a le miroir de l'éclipse, expliqua Ash. Sur la plante ressemblant à un baobab, il y a la coupe d'éternité, c'est mon troisième œil à moi...j'avais peur que les lieux aient changé depuis ma métamorphose mais fort heureusement, personne n'a pu arriver jusqu'ici !

-Allons récupérer le miroir, dit Hélios, ôtant sa cape pour se préparer à plonger.

-Attend ! le retint Ash, toi tu ne peux

pas aller le chercher !

-Et pourquoi ?! demanda t-il presque vexé.

-Si on m'a choisi, expliqua Ash, c'est parce que ma coupe d'éternité repousse quiconque désirant ce qu'elle habite....à savoir ce miroir...

-Mais jamais nous n'y arriverons alors ! dit Violette démoralisée.

-Bien sûr que si, intervint Anna. Le pouvoir des divinités, aussi puissantes soit-elles, ne peut agir sur le monde des hommes s'il ne détient pas une relique intemporelle.

-Et alors ? demanda Violette en relevant la tête.

-Violette, continua t-elle, tu es de l'autre monde, et cette coupe n'est pas intemporelle. Par conséquent, tu peux aller le chercher ce miroir car cette eau n'aura aucun effet sur toi...Anna est sure que tu peux y arriver ! ajouta t-elle.

Anna pense que ta présence avec nous n'est pas un hasard...

-Il est vrai, reconnu Ash. Cependant, lorsque tu entreras en contact avec le miroir, Jormungand risque de te contacter...Si c'est le cas, alors refuse tout marché avec elle d'accord ? Surtout si elle te menace, dis-toi qu'elle ne peux rien te faire en réalité !

En revanche une dernière chose, ne la regarde jamais dans les yeux ! C'est une gorgone qui pétrifie ceux qui la regardent dans les yeux.

-Mais, dit Violette, elle n'est pas censée pouvoir m'atteindre...si ?

-Si elle a pu éliminer un esprit intemporel, ajouta Hélios, alors elle pourrait bien avoir trouvé une parade...soit prudente !

-Ne vous inquiétez pas, et moi aussi j'ai deux mots à lui dire à celle-là ! »

C'est sur ces paroles que Violette se dirigea avec courage vers le miroir.

Violette parviendra t-elle à récupérer le miroir ?

Qu'est ce que Violette avait l'intention de dire à Jormungand ?

Violette serait-elle en danger ?

Chapitre 17

Lorsque Violette rouvrit les yeux, elle se trouvait dans une forêt dense, où les rayons de lumière peinaient à traverser les épais feuillages.

Elle se releva et observa tout autour d'elle. Pourquoi était-elle ici ?

Elle se souvenait avoir marché en direction du miroir et puis...rien !

C'est alors qu'elle aperçut quelqu'un, qu'elle ne pensait jamais revoir. Son sauveur de la forêt, juste face à elle, avec son sourire si doux. Violette avait envie de lui sauter dans les bras. Pour autant, il y avait quelque chose qui clochait...elle sentait une présence, mais pas celle de celui qu'elle voyait.

Elle comprit !

« Je sais que vous êtes là ! Vous ne m'aurez pas, montrez-vous ! Jormungand !

-Et bien, dit une voix sombre derrière Violette, il semblerait que tu sois plus perspicace que je ne le pensais ! »

Le décor de la forêt s'estompa petit à petit. Et Violette vit apparaître celle qui semblait être Jormungand.

Elle était confortablement installée sur un sofa, calée avec quelques coussins qui semblaient de bonne facture. Dans sa main droite, elle tenait une sorte de longue pipe toute fine.

Et contre toute attente, elle était une pure beauté.

Ses cheveux étaient violets et au niveau des pointes, ses mèches devenaient des serpents aux écailles violettes et de plus en plus vertes au niveau de leur petite tête.

Ses traits de visage étaient fins, sa peau était pâle, ses yeux vert émeraude et ses lèvres rosées. Elle avait beau être à demi allongée, elle restait élégante.

Ses habits étaient en soie de haute facture. Elle portait un serre tête, des boucles d'oreille et trois colliers ; tous composés de perles d'un noir profond et brillaient. Ses vêtements, en soie donc, étaient assez sombres, violet foncé, mettant en avant un décolleté orné de ses colliers de perles. Elle portait de longs gants noirs en satin, lui arrivant au dessus des coudes. Sa robe noire était longue et bouffante avec plein de motifs comme des mandalas très complexes légèrement teintés en violet. Elle n'avait pas de jambes, seulement une grande queue de serpent, aux écailles violettes brillantes, parsemées ici et là d'écailles argentées qui scintillaient.

Enfin, son collier le plus court était orné d'un

gros diamant rose, taillé en forme de cœur, qui brillait de mille feux parmi les perles noires qui l'entouraient.

Violette ne l'avait pas tout de suite remarqué, mais Jormungand avait au niveau de son visage, un voile translucide partant de son serre tête de perles.

Jormungand avait beau être belle et souriante, Violette trouvait son regard tranchant et son sourire angoissant !

« Cela faisait longtemps que je n'avais pas vu une humaine, commença cette dernière pour engager la conversation.

-Êtes-vous bien Jormungand ? la questionna Violette.

-C'est exact, Jormungand, Déesse des terres du néant, le désert sans lumière. Quant à toi, continua t-elle, tu es Violette n'est-ce pas ?

-Comment le savez-vous ?

-Nous sommes actuellement quelque part dans ton esprit...et donc, en venant jusqu'à toi, nous en avons profité pour jeter un œil sur tes souvenirs, finit-elle en souriant.

-Il est donc inutile de vous dire pourquoi je suis là, en déduisit Violette.

-Tout à fait, mais avant de te pétrifier, nous aimerions parler encore un peu ! »

Décidément, Jormungand était directe !

Dans le vrai monde, Ash était penché au-dessus de sa coupe, qu'il tenait dans ses mains.
Ainsi, Hélios et Anna pouvaient voir la scène à travers le reflet de cette coupe, comme spectateurs.

« Quoi !!? hurla Anna. Pour qui se prend t-elle celle-là !? Si elle continue, Anna lui fera avaler ses serpents !

-Du calme mademoiselle, lui répondit Ash ! Hélios, si elle possède Violette fais en sorte de l'immobiliser et ...sans la regarder dans les yeux...

-A ce point-là !? demanda Hélios.

-Affirmatif ! confirma Ash. »

Pendant qu'ils parlaient, Violette continuait de parler avec Jormungand. Elles étaient toutes deux assises face à face.

« Cela fait vraiment du bien de parler, dit Jormungand.

-Jormungand, commença Violette, vous avez beau avoir commis des atrocités, je ne ressens en vous aucune animosité.

-C'est bien normal, jusqu'à retrouver notre corps dénué de son esprit, nous allons te posséder, il est donc normal de bien nous entendre...

-Alors pourquoi !!! cria Violette. Pourquoi avoir tué mon sauveur de la forêt?! Il était gentil, bienveillant...et vous l'avez tué !

-Pardon ? répondit Jormungand étonnée.

-Je parle de l'esprit intemporel que vous avez tué ! Il s'appelle Wendigo, et c'est lui qui m'avait sauvé lorsque je m'étais perdue enfant !

-Ainsi donc cette antiquité est tombée...ria Jormungand aux éclats. Je ne comprends pas tes accusations, mais sache qu'elles sont infondées.

-Quoi ?!

-Nous ne nierons pas avoir commis des atrocités comme tu les nommes…
Selon nous, seule notre terre est importante. Nous sommes prêtes à tous les sacrifices et à nous opposer au monde entier pour protéger notre terre. Cela peut te paraître égoïste mais cela nous est égal ! Cependant, nous nous souvenons de tout ce qu'il nous a fallu pour assurer la prospérité des nôtres, et nous te certifions ne pas avoir impliqué un autre esprit intemporel que celui des miroirs. Et là encore, nous ne l'avons pas supprimé. Nous

connaissons leur importance et leur disparition mettrait notre terre en danger.

-Je vois, comprit Violette, vous n'avez pas l'air du genre à mentir.

-D'autant plus que mentir sur ce sujet ne nous apporterait rien, confirma t-elle avec son sourire malicieux. Bien, je vais dès-à présent prendre possession de ton corps ! Mais n'aies crainte, une fois mon corps retrouvé, tu seras libre...

-Vous ne pouvez pas, je ne suis pas de votre monde !

-Même accompagnée d'une relique intemporelle, lui souffla t-elle en dardant sa langue, montrant alors son collier avec cette pierre en cœur. »

Violette comprit alors que toute résistance face à Jormungand serait futile.

Jormungand souleva son voile translucide au niveau de ses yeux pour le rabattre derrière sa tête. Elle commença à ouvrir ses paupières habillées de longs cils. *Comment Violette pouvait-elle s'en sortir ? Jormungand allait-elle vraiment la posséder ?*

De quel secours pouvaient être Hélios et Anna face à cela ?

Chapitre 18

Alors que Jormungand regardait Violette dans les yeux, contre toute attente, Jormungand fut éjectée, atterrissant sur son sofa. Violette n'y comprenait rien !

« Nous avons été repoussées ! dit Jormungand surprise. Serais-tu déjà possédée ?! »
De Violette s'échappait cette lumière verte familière.

« Très bien, comprit Jormungand, c'est une protection de Wendigo. Je ne peux rien contre cet esprit ancestral dans mon état actuel. Nous voilà donc condamnées soupira t-elle. Il me faut donc t'empêcher de partir, ajouta t-elle en regardant en haut. »

Dans le monde réel, Ash se pétrifia soudain, pétrifiant par là même la coupe !

« Maintenant, nous sommes bien seules ! Cela nous aurait embêté qu'il influence ton choix !

-Quel choix ? demanda Violette.

-Nous te proposons de faire un pacte avec nous. Tu resterais maîtresse de ton corps, mais nous serions quand même là.

Ainsi, nous pourrions sortir de ce miroir.

-Pour me posséder ensuite ?!

-Comme tu as pu le constater, il nous est impossible de prendre possession de ton corps...et pour cohabiter avec toi, il nous faut ton accord, sans quoi nous ne pourrons pas rester.

-Ça m'apporterait quoi ? demanda Violette.

-Cela c'est à toi d'en décider ! Nous te le demandons car si vous reconstituez le passage de la Terre avec ce miroir, alors nous serons déchirés et éparpillés aux quatre coins du monde ! Cela reviendrait à mourir finalement.

Mais pour nous, cette fin n'est pas la bonne ! Nous saurons attendre, attendre longtemps, même jusqu'à ta mort, pour un jour être libres et reprendre nos fonctions. En échange, nous répondrons à toutes tes demandes qui nous sont accessibles.

Donc, acceptes-tu de nous sauver en nous hébergeant en toi? » demanda Jormungand avec un regard ferme.

Dans le monde réel, Hélios et Anna étaient en panique suite à la pétrification de Ash. Et Violette qui ne se relevait toujours

109

pas…

Soudain, Ash revint à lui. En même temps, Violette se leva enfin de cette eau, le miroir en main.

Celui-ci, façonné d'or et d'argent, brillait de mille feux contrairement à tout à l'heure.

Ash semblait paniqué en regardant Violette. Celle qui se tenait devant eux, c'était en fait Jormungand ! Cela était visible grâce aux pupilles qui n'étaient pas celle de Violette. Elle avançait calmement, rejoignant le sable sec. Elle s'étira en regardant le soleil.

« Laissez Violette tranquille!!cria Anna. Allez-vous en !!

-Ne t'inquiète pas très chère, nous ne ferons que passer, lui répondit Jormungand en souriant.

-Jormungand ! l'appela Ash, je ne te laisserai pas faire ! dit-il d'une voix légèrement tremblotante.

-Et comment comptes-tu faire ? lui demanda t-elle en surgissant tout à coup derrière lui et le saisissant par la nuque. Si tu es encore là, ça n'est que grâce à notre miséricorde ! Nous avons pensé à plein de projets pour toi, lui souffla t-elle à l'oreille, mais mon héroïne nous le refuse! Nous te laissons donc t'en échapper...pour l'instant !

Bien, nous te saluons, fils du soleil dit-elle en s'adressant à Hélios avec un mouvement de tête. Sur ce, nous laissons la place à dame Violette ! »

Finissant ces paroles, elle relâcha Ash, ferma les yeux.

Lorsqu'ils se rouvrirent, Violette était de retour avec cette fois son regard normal.

Ash s'écroula de peur, puis reprit ses esprits et se releva rapidement.

« Violette, commença t-il en colère, pourquoi avoir accepté un marché avec elle ?! Elle est d'une dangerosité sans limites !

-J'ai choisi d'écouter mon instinct répondit calmement Violette. Cela peut vous paraître invraisemblable mais je suis plutôt douée pour ressentir les émotions et cerner les gens ici. Et en elle, je ne ressentais ni de l'animosité ni de la colère et encore moins du mensonge. Je ne suis pas convaincue par sa manière d'opérer mais je suis sûre qu'elle a un rôle à jouer dans notre quête. Je ne pense pas qu'elle mérite la mort pour avoir agi pour sa patrie.

-La mort ? demanda Anna.

-Oui, confirma Hélios, si elle était restée dans le miroir au moment de la restauration du passage, son esprit aurait été évaporé, dispersé aux recoins du monde.

-Mais...continua Ash...

-Pas de « mais » l'arrêta Hélios. Il s'approcha de Ash pour l'intimider par sa grande taille. Violette a fait son choix c'est tout ! Tu es libre de faire ce que tu veux Ash mais ne t'avise pas de toucher un cheveu de Violette, compris ?! imposa t-il d'une voix menaçante.

-D'autant plus que c'est grâce à Violette que vous êtes libre vous aussi, renchérit Anna. Pourquoi ne pas accorder cette même chance à Jormungand ?

-Très bien soupira t-il, dans ce cas, je vais devoir prévenir de l'évasion de Jormungand ! »

Il s'évapora dans un nuage de sable. Après ça, Violette s'empressa de tout raconter à Anna et Hélios.

Quelle formidable nouvelle, ils avaient enfin réussi à mettre la main sur le miroir de l'éclipse !

Et maintenant, Violette et les autres se dirigeaient vers leur dernière destination avant la lune. Hélios pendant le trajet leur expliqua ce qu'il savait de l'endroit où ils se rendaient.

C'était un trou dans la mer. Un trou tellement profond que la lumière ne parvenait même pas jusqu'au fond. C'était donc l'endroit idéal pour enfermer un esprit intemporel car ils se nourrissent de lumière...L'esprit intemporel qu'ils allaient récupérer se trouvait au fond du gouffre. Là où on perd toute notion de temps. L'entrée était gardée par une divinité supérieure. La divinité qui régnait sur l'ensemble des mers et océans et une partie des marécages. Il allait donc falloir être très prudents.

Le soir était tombé et leur destination finale était encore loin d'être atteinte. Étant donné que s'y rendre à pied était impossible, Violette fit appel à quelqu'un qui leur serait bien utile.

En effet, grâce à la présence de Jormungand en elle, Violette s'était découvert plusieurs capacités hors du commun. Elle pouvait donc appeler la monture de Jormungand nommé Serpentaire, un serpent géant. Elle avait attendu le soir pour le faire avec discrétion. Une fois dessus, les aventuriers se trouvaient face à une évidence...Serpentaire représentait un moyen de transport douteux mais il était efficace !

Serpentaire descendit en mer se dirigeant vers cette abysse où résidait le chef de leur plan. Le chemin de Violette risquait

113

d'être tortueux.

Comment réussira t-elle à retrouver l'esprit intemporel des miroirs emprisonné ?

Si Jormungand n'était pas la responsable, qui donc était responsable de la disparition de Wendigo, le « sauveur » de Violette ?

Et qui Ash avait-il l'intention de prévenir de l'évasion de Jormungand ?

Chapitre 19

Après un long moment, Violette et les autres arrivèrent au fameux lieu.

C'était très troublant. Dans l'océan se trouvait un immense trou de la taille d'une île selon Violette. L'eau semblait s'y engouffrer mais il ne se remplissait pas…

Face à cette abîme profonde, Violette ne put s'empêcher d'avoir peur. Elle allait devoir y plonger en plus! Anna ressentant ses craintes lui prit la main. Cela la rassurait un peu. Il fallait maintenant y aller...et sans leur monture pour ne pas être repéré !

Hélios leur fit signe de sauter. Il avait une idée derrière la tête, comme souvent. Il porta Violette d'un bras et Anna de l'autre. Et il sauta !

Violette hurla, puis, quand Hélios atterrît, ils étaient déjà très profond. Ce qui était étrange, c'est que Hélios atterrit en douceur contrairement à ce qu'elle pensait.

Ils étaient maintenant rentrés dans un énorme bâtiment tout en fer blindé. L'intérieur était loin d'être accueillant. Il y avait des lumières rouges dans les couloirs. On entendait le bruit de quelques gouttes sur le sol. Il y avait également beaucoup de tuyaux de couleurs différentes et de tailles variées. Violette fut surprise à plusieurs reprises par un petit « pchiit » sortant d'un tuyau !

Soudain, Anna leur fit signe de s'arrêter. En effet, son ouïe était particulièrement fiable, et ce qu'elle entendait était des bruits de pas, puis des voix.

« Mince dit Violette paniquée, on va se faire prendre !

-Il faut rebrousser chemin, chuchota Hélios. »

Ils rebroussèrent chemin et entrèrent dans la première cabine qui semblait ouverte. A travers le hublot, ils virent deux gardes passer ! Ils portaient des armures et avaient une allure de mi-homme mi-poisson. « *Étrange* » pensa Violette.

Ils remarquèrent que dans la cabine se trouvaient des tenues de service.

« On pourrait se cacher avec ça ? proposa Violette.

-Excellente idée, approuva Anna. Cela est mieux que de se faire repérer !

-Comme vous voulez, dit alors Hélios, le sourire jusqu'aux oreilles...

-Anna est heureuse que vous le preniez comme cela, dit-elle en se rapprochant de lui. Nous vous ouvrirons dans dix minutes, ajouta t-elle en fermant la porte après l'avoir poussé dans le couloir !

-Non...ouvrez moi ! Je vais me faire chopper ! chuchota t-il paniqué.

-Il n'y a que des uniformes de femmes ici, dit Anna, allez vous trouver une armure pour homme !

-Mais...insista Hélios.

-Pas de mais !! s'imposa Violette. Du balais ! »

Comme convenu, après dix minutes, Violette sortit en uniforme avec un tailleur bleu marine, des chaussures brillantes et une longue robe lui arrivant en dessous des genoux. Le tout rayé comme les uniformes des marins en bleu et blanc mais les lignes étaient verticales. Pour parfaire l'illusion, Anna lui avait même dégoté une pierre pour rendre ses cheveux violets afin qu'elle ait l'air plus naturel encore.

Quant à Anna, elle avait choisi le même uniforme mais en violet et sa robe lui arrivait un peu plus bas. Étonnamment, sa coiffure restée la même, ne dérangeait pas malgré le contraste de culture et de style.

Quant à Hélios, enfin, il portait la même armure que les gardes de tout à l'heure.

« *il a dû la récupérer quelque part* » pensa

Violette.

Et étonnamment, ces costumes fonctionnaient plutôt bien. Personne ne les remarquait. Ils arrivèrent à plusieurs reprises dans de grandes salles où se trouvaient les escaliers, mais aussi des gardes, en pause ou en service !

Mais la dernière était particulièrement grande, il y avait même plusieurs mezzanines, soutenues par de grands piliers, eux travaillés dans la pierre bleue. Ici, l'endroit semblait plus agréable. Il y avait même en bas des tables et des fauteuils. Les murs étaient décorés par des tapisseries d'un bleu profond et le sol était en marbre bleu et blanc.

Penchée au dessus de la mezzanine du deuxième étage, il y avait une femme à la beauté infinie. C'était elle la maîtresse des lieux. Les traits de son visage étaient très raffinés. Elle portait de longs cheveux roux, aux reflets dorés, qu'elle accrochait en chignon bas avec une pince faite d'un corail bleu vert. Malgré cela, ses cheveux sortaient de ce chignon jusqu'à toucher le sol. De longs cils dorés coiffaient ses yeux émeraudes. Sa peau blanche   et lisse telle de la porcelaine contrastait avec ses lèvres rosées.

Sa tenue était particulière. Une sorte de manteau couvrant dos et bras, laissant

118

apparaître sa poitrine dissimulée derrière deux coquillages de la même couleur que la pince dans ses cheveux ; à la manière d'une sirène selon Violette. Ce vêtement en soie translucide, bleu en haut, passant en dessous une ceinture d'or à sa taille, devenait vert à partir de ses genoux. Également, comme cette traîne ne cachait en rien son corps, un morceau de tissu vert d'eau, ressemblant à une nageoire, dû à ses petits replis, partait du bas de sa ceinture cachant ainsi ses paries intimes. Sa traîne portait des frondes blanches à son extrémité uniquement, c'est à dire au niveau des chevilles.

Enfin. elle portait des boucles d'oreille en coquillage de Bernard l'ermite et un collier de jolies perles blanches nacrées. Des perles du même type décoraient ses coquillages ou encore sa pince à cheveux.

L'ensemble était harmonieux, elle était grande, rehaussée sur des hauts talons. Son corps bien proportionné semblait sculpté telle une statue romaine.

Violette sembla repérer instinctivement où pouvait être cet esprit intemporel. Mais l'entrée était à la vue de tout le monde. Comment faire donc ?

Anna, écoutant les conversations autour d'elle,

apprit qu'il y avait une autre issue. Le seul problème, c'est que seule la maîtresse des lieux, Merlyne, la protectrice des mers, pouvait l'utiliser car il se trouvait dans ses appartements. C'est donc en faisant bien attention qu'ils parvinrent à entrer, la porte étant restée ouverte !

Alors qu'ils commençaient à chercher dans la pièce somptueuse, Anna fit signe de se cacher, entendant des pas claquer. La personne qui approchait semblait en colère. Juste avant qu'elle n'entre, Violette découvrit le passage derrière le fauteuil, et s'y engouffra avec ses deux amis. C'était un escalier très humide en colimaçon et étroit. On entendait de loin la voix de Dame Merlyne qui faisait écho dans l'escalier. Violette tomba nez à nez avec une cellule. A l'intérieur, on devinait une ombre avec plein de chaînes qui la retenaient. Il n'y avait presque pas de lumière, seulement une petite lucarne permettant de voir où on mettait les pieds ! Plus elle se rapprochait et mieux Violette distinguait cette ombre.

Violette semblait avoir trouvé ce qu'elle cherchait. Elle pouvait entendre ses gémissements ainsi que sa respiration saccadée.

Dans quel état pouvait-il bien être ?

Pourquoi Merlyne était-elle en colère ? Arriveront-ils à ressortir de ce trou sans fond ?

Chapitre 20

Lorsque Violette visualisa bien ce qu'elle observait, elle en eu la nausée.

C'était un homme...du moins en apparence, si maigre qu'il ressemblait à un squelette ! Il lui restait quelques habits mais en lambeaux. Il était maintenu à genoux, les deux bras suspendus dans le vide par des chaînes. Enfin, une énorme chevelure pendait de sa tête jusqu'à toucher le sol, dissimulant son visage. Violette ne l'avait pas remarqué au début, mais il émettait une très faible lumière bleue de sa peau et une lumière mauve de ses cheveux. Quel état déplorable !

Violette essayait de lui parler mais ses murmures en réponse étaient incompréhensibles. Elle voulait trouver un moyen de l'aider mais Hélios semblait l'avoir devancée.

Hélios s'illumina d'un coup sans prévenir. Au fur et à mesure que l'intensité de la lumière d'Hélios s'estompait, celle de l'individu augmentait. Ses os étaient de moins en moins saillants. Il semblait avoir reprit un peu de force visiblement ! Il brisa les chaînes qui retenaient ses poignets et bascula ses cheveux en arrière. Il regarda longuement Violette de ses yeux multicolores, puis Hélios et Anna. Il se mit à ricaner avec un rire comme ceux des sorciers !

« Et bien, les salua t-il. Qui aurait cru qu'un jour quelqu'un serait venu me repêcher de cet enfer!?

Enchanté à tous...Bifrost, esprit intemporel des miroirs...merci pour le repas fils du soleil, adressa t-il à Hélios...cela faisait bien longtemps que je n'avais pas eu un tel festin ! »

Les lambeaux de vêtements se recollèrent alors autour de lui. Le voilà maintenant vêtu d'une tunique blanche avec un col droit orné de dorures, de longs morceaux de tissu se séparant à la taille de chaque côté. Dessous il y avait un pantalon vert très foncé. Et par dessus ses épaules une sorte de manteau vert à l'extérieur et bleu à l'intérieur. Il paraissait étincelant désormais ! Sa peau bleue brillait, éclairant la pièce, et, sur sa tunique blanche, des motifs semblaient apparaître puis disparaître, de plusieurs couleurs différentes à l'image de ses yeux multicolores.

On l'aurait cru fait que de lumière. Cela intriguait beaucoup Violette.

« Enchantée je m'appelle Violette et...

-Avez-vous un miroir ? demanda Bifrost.

-Pourquoi ? lui demanda Violette.

-Et bien pour sortir d'ici pardi ! Et quelle que soit la raison de votre venue, lui dit-il en lui prenant les mains les yeux plein de paillettes, je m'exécuterai sans hésiter !

-Très bien, le voici votre miroir, lui tendit Anna avec son habituel regard noir.

-On ne va pas aller bien loin, soupira Bifrost, avec cette relique...elle semble avoir perdu la majorité de ses pouvoirs...

-Pourquoi en avez-vous besoin ? demanda Violette.

-Bifrost, comme tout esprit intemporel, peut créer des brèches dans l'espace et ainsi se déplacer d'un endroit à un autre, expliqua Hélios. Il leur faut cependant un objet en guise de réceptacle. Et chez ce drôle d'individu, c'est le miroir !

-De qui qualifies-tu de drôle d'individu machin ?! s'énerva Bifrost contrarié. Enfin, je vais remettre cette conversation à plus tard. Avec ça dit-il en examinant le miroir, je ne pourrai pas créer un passage suffisamment grand...mais j'ai une idée ! » dit-il en regardant Violette d'un regard louche.

Pendant ce temps, quelqu'un d'autre descendait à la cabine de Merlyne. Il se disait :

« *Moi, divinité des oasis, Ash, ai laissé s'échapper Jormungand...je vais me prendre un savon par Merlyne. Je suis parti pour cent ans à croupir au fond de cette prison aux côtés de Bifrost, l'être le plus bizarre en ce monde ! Toutes ces centaines d'années de travail pour finir ainsi...* »

Lorsque Ash ouvrit la porte, le sourire plein d'inquiétude, un couteau atterrissant dans le mur lui frôla la tête.

« *Bon bah finalement elle va me tuer !! Comment pouvais-je croire à la belle vie en prison...elle va me désosser !!* »

« Merlyne, ça faisait longtemps, commença t-il d'une voix tremblante.

-J'espère que t'as une bonne excuse Ash ! » cria Merlyne furieuse, debout les mains sur son bureau.

Elle lui fit signe de s'asseoir sur le siège en face d'elle. Visiblement, elle attendait qu'il s'explique, tournant dans ses mains des dagues similaires à celles qui avait frôlé sa tête quelques instants plus tôt.

« Commence, dit-elle la voix plus posée...

-Et bien, Jormungand a réussi à s'échapper.

-Ça je le savais, répondit-elle du tac o

tac, mais comment ?!

-Le Marchand de sable a réussi à m'avoir, avoua t-il, ce phénomène a affaibli mes pouvoirs et Jormungand en a profité.

-Et ce don de voyance ne t'a pas prévenu ?! dit-elle en haussant les sourcils.

-Même quand on sait, il est difficile de tout déjouer. D'autant plus que dans mes rapports je vous avais demandé de l'aide suite à ses tentatives.

-Tu marques un point, se calma t-elle mais alors... »

Un cercle de lumière apparut soudain derrière Merlyne ! C'est avec stupeur que Ash vit en sortir le buste de Violette ! Ash étouffa un premier cri de stupéfaction à la vue de Violette puis un deuxième cri de terreur lié à la dague que Merlyne venait de lui lancer qui atterrit juste à côté de sa nuque, plantée dans le fauteuil…

Merlyne le rappelait à l'ordre, il devait sembler distrait !

« Quelle mouche t'a piquée ? Le questionna Merlyne, bon...reprenons ! »

Alors qu'elle continuait de parler tout en réfléchissant, Ash pensait...*mais pourquoi est-elle ici Violette ? Mais bien sûr, ils ont l'intention d'utiliser Bifrost, réalisa t-il avec quelques sueurs froides. Si elle se fait prendre par Merlyne, alors qu'elle a Jormungand en elle ; elle sera enfermée ici pour l'éternité ! Cette petite m'a désobéi, mais je ne peux pas lui infliger un sort pareil!*

Ash était au centre d'un terrible dilemme, lui fallait-il raconter la vérité à Merlyne, ou bien lui mentir pour couvrir Violette ?

Quelle était l'idée si ingénieuse de Bifrost ?

Merlyne va t-elle s'apercevoir que Jormungand est à deux mètres d'elle ?

Chapitre 21

Violette dans le dos de Merlyne examinait la pièce. Lorsqu'elle croisa le regard de Ash, elle se contenta de lui faire un clin d'œil en souriant.

Elle se disait que puisqu'il avait menti à sa supérieure au sujet de Jormungand, il pouvait bien continuer un peu plus…

On lisait bien dans les yeux de Ash le conflit et l'inquiétude qui le consumaient. *« Galère ! Pensait Ash...en plus, si elle se fait chopper, Merlyne saura la vérité et je serai encore plus impliqué que je ne le suis déjà ! Mais en même temps, si je dis la vérité maintenant, Merlyne m'en voudra moins...*

Mais qu'est ce qui m'arrive ?! Elle m'étripera ***dans les deux cas*** *! Je dois donc...tout faire pour empêcher Merlyne de surprendre Violette ! »*

Violette regardait partout. Jusqu'à poser ses yeux sur ce qu'elle cherchait. Un grand miroir, qui semblait faire environ un mètre de longueur. Le cadre était en marbre blanc et les nervures, elles, changeaient de couleur à l'image des motifs de la tunique de Bifrost. Selon ce dernier, c'est le miroir avec lequel il a le plus d'affinité. Une fois en sa possession, il sera en mesure de les emmener tous loin d'ici. Le seul problème, c'est qu'il se trouvait contre le bureau de Merlyne ce miroir... Violette regarda Ash avec insistance. Ce dernier comprit alors ce qu'elle voulait qu'il fasse.

« C'est étrange, commença Merlyne...

-Quoi donc ? demanda Ash plutôt inquiet.

-J'ai comme l'impression de ressentir l'aura de Jormungand !

-Pardon?! répondit Ash en panique mais...mais....mm

-Peut-être t'a t-elle maudit ?! »

Merlyne se leva et se rapprocha de Ash complètement paniqué .

Pour se cacher, Violette bondit sur le côté du bureau et en profita pour saisir le miroir. Merlyne, sensible au bruit, se tourna immédiatement vers Violette. Elle se rapprocha avec prudence, posa sa main sur le bureau et... soudain lança un couteau vers une étagère, précisément à l'endroit où un rat venait de faire tomber un parchemin.

Violette avait eu chaud ! Heureusement que ce rat passait par là pour détourner l'attention de Merlyne ! !

« Décidément, ces parasites sont partout, commenta t-elle en ramassant le parchemin de l'autre côté du bureau. Elle récupéra sa dague au bout de laquelle se trouvait la pauvre créature.

-Oui, lui répondit Ash soulagé.

-J'ai sûrement dû me monter la tête avec Jormungand pour sentir sa présence à moins de deux mètres derrière moi. Je dois avoir besoin de repos...reprenons ! »

« La chance !!!! pensèrent Ash et Violette en même temps. »

Pendant que Merlyne continuait de réfléchir à voix haute, un passage de lumière s'ouvrit dans le dos de Violette qui bascula à la renverse. A présent couchée sur le sol poisseux et humide de la cellule, Violette brandit le miroir fièrement.

Bifrost lui arracha le miroir des mains et s'y cramponna marmonnant des paroles inaudibles. Il devait être heureux sans doute…

Comme convenu, Bifrost créa un passage assez grand avec ce miroir. Mais avant de partir, il prit le miroir de l'éclipse et avec ses bords tranchants coupa sa longue chevelure emmêlée qu'il jeta sur le sol. Puis, en claquant des doigts, une reproduction de lui enchaîné fit son apparition à leur place.

« Avec ce clone à mon effigie, déclara t-il je suis tranquille pour au moins une semaine !

-Seulement ? demanda Anna.

-Merlyne est quelqu'un de très prudent, elle vient souvent me voir, une fois par semaine environ. Nul doute qu'elle le remarque bien assez tôt. »

Une fois sur la terre ferme, Bifrost tout enjoué se roulait dans la terre, l'herbe et faisait même des câlins aux rochers. Ses murmures et sa voix caverneuse n'étaient pas en accord avec son attitude surexcitée. Il portait son miroir sur le dos grâce à une bandoulière en cuir noir ornée de dorures aux extrémités. Quant au miroir de l'éclipse, il l'avait accroché à sa ceinture sur le côté.

-Bifrost, commença Violette, en quoi ce miroir est-il si important, demanda t-elle en désignant celui sur son dos.

-Et bien, le miroir intemporel boréal est une relique vraiment extraordinaire qui me permet de voyager à l'infini ...Cela peut paraître étrange mais avec le temps j'ai l'impression qu'il fait un peu parti de moi... »

Décidément, Violette en apprenait toujours plus sur ce monde et elle voulait toujours plus en savoir. Elle observait le décor avec attention , la végétation dominait. Dans la canopée il y avait de grands édifices en pierre, à l'image des civilisations indigènes telles les aztèques ou encore les mayas selon Violette. Il avait beau faire nuit, la végétation phosphorescente ne manquait pas. La mousse s'illuminait lorsqu'on marchait dessus, laissant ainsi pendant quelques instants des empruntes de pas.

L'endroit était féerique.

Bifrost faisait son petit chemin rêvassant par moment.

Après avoir gravi toutes les marches du grand édifice, Violette vit devant elle un tas de pierres et de cristal brisé. Hélios fit signe à Bifrost de commencer. Dans un charabia que seul lui pouvait comprendre, Bifrost prit le miroir de l'éclipse, qui s'illumina embrasant de sa couleur flamboyante le ciel. Le ciel alternait entre le crépuscule et la nuit. Le miroir brillait de plus en plus, puis un rouge éclatant, tel celui d'une éclipse lunaire se déployait, enchantant les morceaux brisés qui se recollaient. Une fois entièrement réparé, la grande structure était en fait une sphère armillaire géante, majoritairement en pierre avec ici et là quelques parties en cristal. Ensuite, Bifrost, une fois la manœuvre terminée s'essuya le front et fit quelques réglages sans doute utiles pour le passage.

« A la base, commença Bifrost tout en bricolant, ce passage avait été configuré par la divinité de la lune avec le miroir lunaire et l'assistance d'un esprit intemporel.

Hélas, comme je l'ai constaté, le miroir lunaire a été brisé, ce qui a saboté le passage.

Fort heureusement, le miroir lunaire est en fait un prototype de celui de l'éclipse. Par conséquent, même si ce passage est instable, il nous est quand même possible dans une

certaine mesure, de le remplacer par le miroir de l'éclipse et de l'emprunter même si ça ne durera pas.

Bon, et bien allons-y ! dit-il en déclenchant le mécanisme »

La sphère se mit alors en mouvement, tournant de plus en plus vite, aveuglant Violette, Anna et Hélios.

Ça y est, Violette allait enfin savoir ce qu'il n'allait pas avec la lune.

Pourquoi cet événement s'était-il produit ?
Qui en était la cause ?
Étaient-ils seulement arrivés à temps pour empêcher le désastre ?

Chapitre 22

Quand Violette ouvrit les yeux et se leva, elle se trouvait dans un endroit totalement différent. Elle était dans un champs de fleurs ressemblant à des physalis, sauf que celles-ci brillaient d'une lueur rouge orangée et leurs feuilles étaient très pâles.

Ici, il faisait bien nuit, et on pouvait contempler le ciel où apparaissaient très distinctement les étoiles.

Quand elle se retourna, elle vit Anna comme d'habitude un peu ébranlée par le voyage, Hélios qui dormait et Bifrost qui regardait accroupi les fleurs lumineuses. Et flottant dans les airs, une grande sphère armillaire presque intégralement en cristal, avec ici et là de la pierre. Le tout tournait et reflétait la douce lumière du champs.

Puis, Violette fit plus attention à la topographie et se rendit compte que l'île, gigantesque avait la forme d'un croissant de lune. Mais le plus étrange, c'est qu'ici la gravité semblait chamboulée. En effet, Violette se trouvait sur l'extrémité la plus basse. En levant la tête, elle pouvait voir l'autre extrémité, une imposante flèche, avec des édifices bâtis un peu partout avec parfois même le toit vers le bas de l'angle de vue de Violette. Elle regardait les différentes couleurs provoquées par des plantes lumineuses sans doute, rendant l'endroit bien plus chaleureux de loin.

Alors c'est ça la lune de ce monde pensa Violette.

Et alors qu'Hélios se réveillait, Violette vit la silhouette de quelqu'un. Puis, deux, puis trois...Violette leur fit signe amicalement, mais...plus leur nombre grandissait et plus ils devenaient menaçant ! C'est lorsqu'une flèche traversa le corps de lumière de Bifrost que Violette comprit.

C'était eux la menace !

Heureusement, Bifrost était le seul à pouvoir subir les flèches puisqu'elle lui était passée au travers comme si de rien n'était.

Comme bien évidemment, d'autres salves de flèches étaient lancées vers eux, Hélios prit par la main Violette et Anna et ils coururent à travers le champs de fleurs.

« Le passage ! s'écria Violette, il va se détruire !

-Peu importe, lui répondit Bifrost à côté d'elle, de simples flèches ne peuvent pas venir à bout d'un passage comme celui-ci, de toutes façons !

La seule manière serait de briser le miroir de l'éclipse, mais j'ai tout prévu en le laissant de l'autre côté !

-Tu es bête ou quoi ?! le gronda Hélios, sans ce miroir on peut pas emprunter le passage pour sortir d'ici maintenant !

-Mais si, continua Bifrost, une fois cette affaire réglée, j''aurai tout le temps d'en créer un nouveau...voilà tout !

-D'ailleurs, Anna se posait la question...pourquoi ne pas avoir utilisé votre pouvoir dès le début Monsieur Bifrost ?

-Je n'étais jamais venu ici auparavant, alors il m'aurait été difficile d'y parvenir...d'autant plus que cette île se déplace très vite, ce qui rend sa localisation vraiment compliquée. Il m'aurait fallu trop de temps !

-Mais qu'est-ce que c'est ? demanda Violette en désignant des silhouettes.

-Anna trouve que le bruit qu'ils émettent ressemble à du sable.

-Du sable ? répéta Violette dubitative. Bon, pour l'instant le plus important c'est de leur échapper ! »

Après avoir bien couru, Violette et les autres arrivèrent aux portes d'une ville. Pour se cacher des choses leur tirant dessus, ils se glissèrent sous un grand arbre aux branches pendantes mais remplies de fleurs et de glycines roses luminescentes.

« Ah ! s'exclama une voix au-dessus d'eux, voici enfin l'arrivée des renforts. »

La personne qui venait de dire cela était un garçon allongé sur le ventre sur les grandes branches. Il portait un pantalon noir lâche, rentré dans des bottes en argent, lui arrivant au milieu du tibia. Il portait un long manteau blanc satiné dont l'extrémité des manches était plus grande, soutenue par une large ceinture entre son ventre et son bassin sûrement en cuir noir. A partir de la taille, son manteau était ouvert et arrivait jusqu'en haut de ses bottes. Une bande de tissu pendait de sa ceinture, bleutée arborant un croissant de lune orné d'un motif se détaillant par sa transparence nette. Enfin, l'individu était orné de boucles d'oreille, bracelets fins et chaîne, ainsi que de grands bijoux en argent à son cou, lui allant de mi-gorge jusqu'au épaules, où on pouvait distinguer quelques maillons et motifs en forme de croissant de lune.

Violette examinait le visage de cet individu, à la peau très claire.

Ce dernier la regardait de ses yeux mauves, soutenant sa tête avec une main sur sa joue. Il avait l'air d'être jeune.

Enfin, Violette ne put s'empêcher de regarder sa chevelure bleue très clair argentée l'espace d'un instant. Il avait les cheveux de devant rabattus en l'air et derrière ses oreilles, deux fines mèches revenaient sur son torse, séparées du reste des cheveux par un tressage méticuleux. Le reste de sa chevelure lui arrivant au bas du dos était attaché au niveau des pointes, même s'il y avait quelques exceptions. Ceci étant, tout cela ne renseignait pas Violette sur qui il était.

C'est alors qu'Hélios fit les présentations. Cet individu n'était autre que la divinité lunaire, Sîn, le mirage de Nacre (également une divinité supérieure).

Violette ne s'attendait pas à cela. Elle pensait naturellement que la divinité lunaire avait été emprisonnée, peut être même pire...mais il n'en était rien !

Et pendant que son île, la lune du Reflet, menaçait de tomber, ce qui, soit dit en passant, entraînerait le monde entier dans sa chute, lui, se prélassait sur les branches d'un arbre !? Cela ne fit pas très bonne impression à Violette. Et pourtant, malgré sa passivité, Sîn semblait exténué.

« Quel soulagement ! reconnu Hélios, j'avais peur qu'il te soit arrivé malheur. Mais tu

138

sembles t 'en être bien tiré

-Tu trouves, lui répondit Sîn d'une voix amer, j'ai bien failli y rester ! ajouta t-il en descendant de sa branche.

-Mais non va, continua Hélios dans sa bonne humeur, on est là maintenant, on va pouvoir les... »

Hélios s'arrêta net de parler quand il remarqua une blessure sur la joue de Sîn qui jusqu'à présent était dissimulée par sa main.
Du même côté, une de ses mèches était anormalement coupée.

« Qui a pu te faire ça? demanda Hélios sous le choc, en ce monde, personne ne peut atteindre ton corps...

-Pourquoi donc ? demanda Violette.

-Son corps est un peu comme le mien, expliqua Bifrost, c'est son troisième œil, sa relique qui lui donne cette propriété immatérielle. Ça n'est pas pour rien qu'on le surnomme le mirage.

-Tu commences à te rendre compte des ennemis auxquels nous sommes confrontés ? ajouta Sîn en effleurant du bout des doigts sa blessure au visage. S'ils m'ont contraint à battre en retraite, c'est parce que l'un d'eux est l'être le plus puissant, l'esprit intemporel Wendigo. »

Wendigo ? Cette nouvelle pétrifia Violette d'effroi. Cet esprit intemporel, c'était lui qu'elle avait rencontré en forêt, son héro depuis qu'elle était toute petite et qu'elle croyait mort! C'était donc parce qu'il était sur la lune qu'Astréus ne l'avait pas repéré. *Pourquoi un tel retournement de situation ?*

Comment avait-il pu en arriver là ?

Et surtout, comment régler ce problème ?

Chapitre 23

Le petit groupe de Violette s'en était remis à Sîn pour les escorter car il connaissait bien son territoire. Tout en se faufilant, passant par des passages secrets pour éviter les « choses » et leur salves de flèches, il leur racontait ce qu'il s'était passé.

« C'était une journée comme les autres, chuchotait Sîn, puis l'île entière se mit à trembler. Cette secousse était due à la destruction du passage de la sphère armillaire. Il faut savoir que la lune est différente des îles ordinaires, et que pour la maintenir dans le ciel, il y a deux dispositifs, un à chaque pointe.

-Donc, si Anna a bien saisi, intervint-elle, le passage était le premier dispositif.

-Tout à fait ! poursuivit Sîn. Après cela, l'être le plus corrompu et le plus ignoble vint à ma rencontre, le Marchand de sable.

-Vous n'êtes pas le seul à tenir de tels propos à son égard, affirma Violette avec une petite pensée pour Ash.

-Cette raclure de sorcier, poursuivit Sîn, était autrefois un homme parait-il...mais aujourd'hui, il n'est animé que par le désir de détruire. Il tenta d'abord de m'attaquer et bien sûr sa tentative se solda pas un échec. Mais alors que j'avais l'ascendant, je ne pensais pas qu'il ferait son apparition, Wendigo. Sa simple venue a changé la situation du tout au tout. J'ai véritablement compris qu'il était une menace quand il m'a attaqué.

-Et qu'avez-vous fait ensuite ? demanda Violette.

-J'ai fui pardi ! J'ai demandé à mes gardes d'évacuer les lieux car comme je le pensais, le Marchand de sable n'est resté calme qu'un temps avant de créer ces êtres de sable pour me retrouver !

-Mais comment avez-vous pu évacuer sans le passage ? demanda Violette intriguée.

-Il y a une grande forêt sur le dos du croissant de l'île, l'influence du Marchand ne s'étend pas jusque là-bas.

-Et le deuxième dispositif, continua Anna, est-il encore sauf ?

-Bien évidemment ! Je l'ai caché là où personne ne le trouvera ! La seule chose qui m'inquiète, c'est que une fois déplacée, elle ne peut plus assurer son rôle. Mais si je la remets en place, le Marchand de sable aura tôt fait de la briser. Il faut donc se débarrasser de ces deux gêneurs, et ce avant d'atteindre un point de non retour pour la chute de la lune. »

Ils avaient pas mal progressé, il faut

dire que Sîn qui connaissait son île sur le bout des doigts avait su repérer des arbres de perles qui avaient les mêmes propriétés que ceux de la forêt rose , ils les transportaient. C'était étrange d'ailleurs car plus ils montaient vers la pointe du sommet et plus il y avait des perles : au sol comme des cailloux, puis dans la végétation, puis dans la forme des maisons, puis des ruisseaux de perles nacrées de toutes tailles et de toutes les couleurs.

Violette comprenait mieux le « nacre » du surnom de Sîn : *le mirage de nacre* en référence aux perles sans doute. Violette pouvait voir de loin le champs lumineux sur la première pointe où elle était arrivée.

« Je pense que nous pourrions nous arrêter quelques instants, proposa Sîn à la vue des autres littéralement exténués.

-Quoi ?! bougonna Bifrost, nous continuons je suis d'attaque !

-C'est normal, s'énerva Violette, tu n'as pas fait un pas depuis que Sîn nous guide. Tu te contentes de t'asseoir sur le bâton avec lequel il vole ! »

En effet, Sîn avait une bêche croissant de lune très joliment décorée, tout en nacre constellée de fines perles. Sîn l'enfourchait et pouvait alors voler, Violette en déduisit que c'était ça son troisième œil, et elle avait vu juste. Sîn qui n'avait pas remarqué la présence de Bifrost le poussa alors, ce qui le fit ronchonner.

Entre les arbres, à côté du ruisseau, Sîn pensait être en sécurité, mais il se trompait...sans crier gare, un rayon de lumière frôla de peu Sîn et fit voler les perles dans une explosion.

Même si sa silhouette avait changée, Violette reconnaissait ces bois ainsi que cette longue chevelure blonde, c'était Wendigo.

Cependant, l'aura qu'il émettait était totalement différente. Il était voûté et squelettique au possible encore plus qu'avant, et le crane de chèvre qui n'allait pas en dessous son front d'ordinaire recouvrait son visage tout entier, lui donnant un air sinistre et menaçant.

Quant à sa canne, elle était comme calcinée, sans aucune fleur ni feuille. Ce fut un choc pour Violette de le voir dans cet état. Qu'était-il devenu ?

Le petit groupe fuit alors vers un endroit dégagé. Ils ne pouvaient plus avancer après, car le sol était totalement gondolé par de grosses perles du côté de la pointe donc impossible de marcher. La seule issue, c'était de revenir sur ses pas mais Wendigo bloquait le passage.

Et alors qu'il relançait un de ses rayons laser destructeur, Bifrost en fit sortir un similaire de son miroir.

« Ah ah ah ah ah....ricanait-il comme un sorcier, il ne faut pas oublier que moi aussi je suis un esprit intemporel ! »

Malheureusement, même s'il prétendait le contraire, Bifrost semblait avoir quelques difficultés face à Wendigo, il ne tiendrait pas longtemps. Et comme les ennuies n'arrivaient jamais seuls, un autre individu leur barra la route !

Violette devina à son allure desséchée telle une momie de qui il s'agissait. Il tenait sur une espèce de tapis volant et portait une cape pleine de sable.

C'était le Marchand de sable.

Son drôle de masque en terre cuite représentant un œil géant donnait la chair de poule à Violette. Il était escorté par ces êtres avec leur bandages crasseux et sablonneux, ceux qui les avaient attaqués lors de leur arrivée sur l'île.

Cependant, Violette prit sur elle pour contenir sa peur, elle ne pouvait plus flancher. Le Marchand tendit son bras momifié à la peau de charbon et pointa du doigt Sîn.

« Remettez-moi la perle » souffla t-il

d'une voix rauque à glacer le sang.

Quand il parlait, on avait l'impression d'entendre plusieurs voix différentes. La perle ? A cette demande, Sîn mit instinctivement sa main sur sa poitrine.

« Et qu'est-ce que ça vous apporterait ? demanda Violette sur un ton déterminé malgré son inquiétude. Pourquoi faire tout ça ? Répondez-moi !

-Parce que c'est palpitant, déclara le Marchand enjoué, la terreur, la crainte, je m'en délecte ! Ce monde corrompu va s'écrouler sous ma domination ! »

Suite à ces mots, le Marchand fondit sur Sîn en lévitant. Mais il fut arrêté par une main géante qui s'apprêtait à se refermer sur lui.

Et sans s'en apercevoir avant, Violette avait maintenant devant elle un géant, un colosse, tout en muscle avec quatre bras.

C'était donc le pouvoir d'Hélios, devenir géant ?

Cependant, Hélios n'eut même pas le temps de se redresser que les momies et leurs bandages crasseux se jetèrent toutes sur lui, comme une armée de fourmis le fait pour un insecte. Hélios avait maintenant beau se débattre, il n'était plus capable d'empêcher le Marchand de passer à présent. Ce dernier, d'un coup de ses longs ongles envoya au loin la bêche croissant de lune de Sîn dans un bruit métallique. Et dans un élan héroïque, Violette poussa Sîn pour l'écarter du Marchand. Ce dernier passa sa main à travers son cœur ! Il n'y avait pas de blessure apparente, mais elle retomba inerte, sans vie...

Qu'est-ce que le marchand de sable lui avait fait ?

Ce geste marqua la fin de vie de l'humaine Violette...

Chapitre 24

Hélios, qui se dégagea de l'emprise des momies en les écrabouillant revint auprès de Violette et chassa le Marchand d'un revers de main puissant.

« Ce n'est pas vrai...répétait Anna les yeux larmoyant, penchée au dessus du corps sans vie de Violette...

-Quelle horreur, se releva Sîn choqué, reste avec nous !

-Violette ! Violette ! Ouvre les yeux ! criait Hélios en la secouant. Anna, tu peux la sauver ?! lui demanda t-il tout en l'observant examiner Violette.

-Elle craint que ce soit insuffisant, réalisa Anna en pleurs, Anna n'est pas préparée à guérir une telle blessure …

-Vite ! Il faut la sauver ! criait Hélios.

-Calme toi Hélios. Ça ne sert à rien de crier, intervint Sîn, qui tentait quand même de la sauver de ce maléfice qui rongeait Violette de l'intérieur.

-Elle est de plus en plus froide continuait Hélios. Violette...Viol...ette... »

Les voix devenaient de plus en plus lointaines et effacées.

Violette était perdue dans ses pensées.

C'est malin, finalement, je ne reverrai jamais mes parents qui m'attendaient, ma grand-mère, mes amis aussi...j'aurais tellement voulu les sauver...Mais c'est trop tard, j'ai échoué, et à cause de moi, la lune va s'écraser...Désolée Hélios, Anna, tout le monde...désolée de ne pas avoir pu empêcher ce désastre.

Elle se remémorait alors tout son périple, en trois jours à peine, elle avait fait tant de rencontres, découvert tant de choses.

Et c'est ainsi que ça allait se terminer ?!

« Pitoyable... »

Qui lui avait dit ça ?

« Tu vas abandonner maintenant ? Si près du but ? »

Cette voix...Violette le trouvait familière...

« Nous savons que tu vaut plus que ça ! Allez ! Courage ! »

Pendant que Violette demeurait inconsciente, Hélios s'était fait assaillir par les momies finalement et Sîn était en très mauvaise posture.

Anna, quant à elle veillait sur Violette.

« Quelle pitoyable idée, commentait le Marchand de sable en s'adressant à Sîn qu'il tenait par la gorge. Dérober puis cacher la

perle céleste pour m'empêcher de la détruire !
Tu savais que cela te priverait de tes pouvoirs,
et sans eux, tu périras face à moi ! »
Soudain, le Marchand de sable venait de
prendre un coup à la tête, fissurant davantage
son masque. C'était Anna qui lui avait lancé
une grande perle dessus.

« Ignoble créature! commença t-elle,
vous êtes le mal ! Anna ne vous laissera pas
vous en tirer si facilement ! Depuis toujours,
elle se trouvait solitaire, pensant que cela ne
changerait jamais...mais depuis sa rencontre
avec Violette, elle a changé, elle rit, elle
discute, elle n'est plus seule ! Et au nom de
cette amie que vous lui avez enlevée, Anna
compte bien résister !!

-Que c'est émouvant...dit le Marchand
consterné, et que penses-tu faire pour
m'arrêter ? » continua t-il en s'approchant d'un
air menaçant.
Mais alors qu'il s'apprêtait à lui réserver le
même sort qu'à Violette, une aura encore plus
menaçante que la sienne arriva de nulle part,
l'interrompant dans son action !
Le Marchand de sable tremblait de tout son
être, Violette se relevait...

« M..mais...mais comment ! bafouilla t-
il »

En effet il avait raison d'avoir peur...c'était bien le corps de Violette devant lui mais habité par Jormungand et son regard tranchant impitoyable !

Anna remarqua qu'elle portait un collier de perles noires avec un éclat de pierre rose.

« Toi qui a attenté à la vie de notre héroïne, nous allons te confisquer la tienne ! »

A ces mots, Jormungand claqua juste des doigts et le Marchand se pétrifia instantanément et se délita en particules puis disparut.

Anna eut à peine le temps de cligner les yeux que les momies qui encombraient Hélios et Jormungand avaient disparu.

Rattrapé in extremis par Hélios car elle manquait de force, Violette rouvrit les yeux et salua ses amis.

Elle était sauve !

Et voilà tout était fini...jusqu'au moment où Violette se souvint de Wendigo. Malgré l'attention que tout le monde portait sur elle, Violette se contenta de remercier Anna pour sa bravoure et partit aussitôt en direction de Wendigo. Elle ne fit pas attention à la tête déconfite de Hélios quand elle se retourna une dernière fois. Ce dernier attendait un peu plus de reconnaissance.

Elle ne savait pas pourquoi, mais Violette devait aller à la rencontre de Wendigo. Elle constata à quel point un duel entre esprits intemporels impactait l'environnement alentour. Elle observait.

Haletant, à genoux, tendant son miroir tout de même devant lui, Bifrost paraissait exténué, tant et si bien qu'il commençait à avoir les os saillants et à devenir transparent. Chaque respiration semblait le rendre plus amaigri. Violette s'approcha et tenta de le toucher pour l'aider à se relever mais sa main lui passa au travers ! Beurk ! Violette eut un frisson de dégoût qui la parcourut de part en part et au final, elle laissa Bifrost où il était.

Une vingtaine de mètres plus loin, il y avait Wendigo. Bien que l'aura malfaisante qui l'entourait s'était dissipée, Wendigo souffrait, gémissait, criait même, se tenant la tête, incapable de reprendre ses esprits.

Violette s'approcha calmement, sans sourciller, alors qu'elle ressentait dans tout son être une douleur atroce à chaque pas. Elle se disait pour tenir que sa douleur n'était sans doute pas grand chose à côté de celle de Wendigo, mais elle commençait à voir trouble. Maintenant, un mètre les séparait. Bien qu'elle ne voyait plus grand chose, son regard était plein d'empathie et de peine.

« Wendigo ? » l'appela Violette.

Il ne répondit pas, tiraillé par cette douleur dans sa tête.

Agacée, Violette lui arracha ce crane sur sa tête, le força à la regarder dans les yeux et dit :

« Wendigo ! Maintenant ça suffit, tu n'es plus toi même, celui que j'ai connu ! Avant tu étais calme et gentil...tu te souviens ?! »

Au fur et à mesure qu'elle parlait, elle s'illuminait de plus en plus fort. C'était la fleur qu'elle portait sur elle, celle que Wendigo lui avait offerte il y a longtemps.

Espérant que cela pourrait l'aider, elle saisit cette fleur pour la poser dans la main de Wendigo.

Après cela, c'est devenu flou pour Violette....

Lorsqu'elle se réveilla de son court sommeil , elle se redressa sur le sol tapissé désormais de mousse.

Assis à ses côtés, Wendigo, le sourire aux lèvres, redevenu normal, celui qu'elle avait rencontré jadis, qui posait la main chaleureusement sur celle de Violette.

Elle avait réussi !

Épilogue

Après cela, Violette avait enfin accompli la mission qu'elle s'était fixée, celle de sauver le monde !

Wendigo leur expliqua par la suite que le Marchand de sable l'avait envoûté afin d'accomplir ses funestes desseins.

Il précisa aussi que, sans Violette, il aurait fini par se consumer et la remercia à plusieurs reprises.

En effet, c'était la fleur qui l'avait sorti de cet envoûtement, mais si elle ne s'était pas flétrie, c'était grâce à tout l'amour et toute l'attention de Violette.

Après avoir reposé la fameuse perle céleste à sa place pour remettre la lune haute dans le ciel, Bifrost et Wendigo mirent leurs différends de côté afin de réparer, et cette fois convenablement le passage de la sphère armillaire qui tombait en morceaux.

Après que Violette et les autres sortirent de la Lune, des centaines de personnes s'étaient regroupées afin de leur poser des questions. Finalement, ils furent invités à raconter leur histoire dans les moindre détails au cours d'un conseil des divinités supérieures organisé rapidement. Heureusement pour Bifrost,

Merlyne n'avait pas répondu présente !

Après un long interrogatoire, la nouvelle se rependit comme une traînée de poudre dans tout le monde du Reflet.

Cette aventure devint alors l'objet de légendes, romans, pièces de théâtre et encore dans toutes les îles.

Le conseil organisa alors une célébration en l'honneur de ses héros.

Violette, jusqu'à présent, était une humaine aux yeux du Reflet mais à partir de cette aventure, elle fut considérée comme la descendante de Jormungand, celle qui avait hérité de ses pouvoirs. Violette découvrit plus tard que le collier aux perles noires et au tesson de cristal rose était en fait un fragment du troisième œil de Jormungand.

Une fois les festivités achevées, Violette pouvait renter chez elle.

Grâce aux recherches de Bifrost et Wendigo, ils furent en mesure de créer un objet qui pouvait lorsqu'elle l'actionnait envoyer Violette dans le monde du Reflet.

Et vice et versa pour le monde des Hommes.

Les au revoir furent tout de même compliqués.

Violette ne les reverrait pas avant un petit moment pour certains.

Mais cette date devint une journée mondiale

de fête dans le monde du Reflet. Ils se firent donc la promesse de se revoir à chaque date anniversaire au moins.

Quand Violette rentra chez elle, trois jours s'étaient écoulées dans le monde des hommes.

Heureusement, la grand-mère de Violette avait réussi à lui trouver une excuse valable pour les parents. Elle fut tout de même sermonnée pour ne pas les avoir prévenus.

Mais peu importe...il fut temps pour la famille de Violette de partir, rentrer chez elle enfin !

La grand mère regardait devant la verrière de sa maison partir la voiture après le grand virage.

« Te voilà enfin ! lança t-elle, sais-tu combien l'absence de nouvelles m'a inquiétée ?!

-As-tu entendu la nouvelle ? demanda la voix posé de Wendigo.

-Et comment ?! Ma petite fille, sauver le monde ! fanfaronna t-elle. Que je suis fière de cette petite !

Cependant, je ne savais pas que tu l'avais rencontrée ? J'ai été surprise en voyant cette fleur !

-C'est vrai que je ne te l'avais pas raconté...je ne savais pas que Violette était ta petite fille ! avoua Wendigo.

-Et bien si !

-Elle ne t'a pas posé de questions ? l'interrogea Wendigo.

-Non...la connaissant elle a dû oublier ! Quelle étourdie...soupira t-elle. Un jour, je lui raconterai tout ! annonça t-elle dans un soupir.

-Elle finira sans doute par te succéder dans ta fonction d'ambassadrice, dit Wendigo pensif.

-Peut-être bien...mais je préfère lui laisser le choix. Je crois que nous avons beaucoup à nous dire...viens je vais faire du thé ! »

Voici donc pourquoi la grand-mère de Violette avait pu lui raconter des histoires qui ressemblaient étrangement au monde du Reflet. Et pourquoi la fleur lui paraissait familière.
La grand-mère de Violette était donc en fait déjà allée dans le monde du Reflet.
Violette sautilla de bonheur quand elle l'apprit bien plus tard et sa vie depuis cette aventure continua d'être mouvementée et enchantée par la féerie du monde du Reflet.

Violette

Violette, après son aventure resta joyeuse et volontaire plus encore qu'avant. Émerveillée par le monde du Reflet où elle voyageait souvent pour y retrouver Anna, mais aussi les autres, elle fut ravie d'apprendre que sa grand-mère était ambassadrice de ce monde. Elle y succéda de son propre chef et fut encore plus aimée dans cet autre monde. Elle ne perdit jamais de vue ses amis qu'elle avait rencontré durant son périple.

Hélios

Fidèle à lui même, Hélios continua à voyager et à rester joyeux. Cependant, il cessa de fuir ses responsabilités et de se dérober à son devoir de divinité et retrouva son titre de divinité supérieure. Il rendait souvent visite à Violette dans le monde des Hommes et Violette était de plus en plus ravie à chaque visite. Ils restèrent ensemble toute leur vie.

Anna

Anna qui découvrait la beauté de la vie, continua son ascension et devint une véritable star dans la musique, la danse et même le théâtre et les comédies musicales. Elle resta pour la vie la meilleure amie et la confidente de Violette. Elle obtint enfin un droit d'aller dans le monde des Hommes comme les divinités tout en restant visible pour les humains. Violette lui organisa un véritable voyage entre copines qui fut une véritable réussite.

Eventailleur

Récompensé de son travail acharné, il devint officiellement la divinité de ses terres. Il continua de tisser de somptueuses tenues, mise en valeur par la grande star Anna ! Il profita de son rang de divinité pour découvrir la gastronomie humaine et passa le bonjour à Violette de temps en temps.

Chronos

Pouvant enfin retourner chez lui, Chronos fit visiter à Violette avec fierté son domaine. Il fit profiter de son influence à Violette pour la soutenir dans les projets qu'elle soumettait en tant qu'ambassadrice. Il s'accorda par la suite des vacances pour retrouver Midas, son grand ami.

D'après ce que l'on raconte, Chronos l'aurait retrouvé, même si ce ne sont que des rumeurs.

Astréus

Pouvant enfin souffler de la charge de travail en moins récupérée par son frère Hélios, Astréus profita de son temps libre pour écrire cette aventure fantastique. Son ouvrage eut un franc succès et il se découvrit une passion pour l'écriture après cette réussite. Il dédia également une partie de sa bibliothèque pour les livres du monde des Hommes que lui apportaient Hélios et Violette.

Ash

Faisant profil bas pendant un temps pour ne pas attirer les foudres de Merlyne ou de Jormungand, il profita de son pouvoir, maintenant libre, pour aider son peuple. Les oasis ne furent jamais aussi beaux et abondants. Il fit cesser les crises de famines dont il avait souffert étant jeune. Il accueillait toujours Violette à bras ouverts et lui faisait découvrir sa culture et les différentes contrées de l'île du désert .

Jormungand

Apparemment, Jormungand aurait quitté le corps de Violette au moment où elle l'a aidée contre le Marchand de sable. Certains disent qu'elle aurait donné ses derniers forces à Violette, d'autres qu'elle avait trouvé un nouveau corps. D'après la légende, Jormungand aurait retrouvé son corps et serait revenu à la rencontre de Violette et elles seraient devenues amies...Ce qui est sûr, c'est que les malintentionnés, de peur de subir le courroux de Jormungand ne s'en prirent jamais à Violette.

Merlyne

Couverte de honte et d'indignation, Merlyne disparut soudainement. Puis, elle refit surface peu de temps après, rayonnante. On ne sait pas ce qui a provoqué ce changement, mais elle laissa sa prison insalubre pour son domaine d'origine et accorda toute son attention et le soin nécessaire à son peuple. Gardant néanmoins son caractère bien à elle, elle menaça d'étriper Ash quand il lui rendit visite pour s'excuser...Même si, au final, elle se

contenta de prendre une tasse de café avec lui !
D'après les rumeurs, elle aurait rencontré
Violette et s'entendrait avec elle.

Bifrost

Malgré son escapade, Bifrost ne fut pas
sanctionné, peut être parce que les autorités
n'ont pas eu le temps. Après la fête, il s'était
éclipsé en douce par peur de devoir retourner
dans la prison. Il semble cependant bien avoir
localisé Violette car il passe à travers la psyché
de sa chambre pour un oui pour un non. Il fut
un des grands éléments surréaliste qui
bousculait la routine de Violette. Il lui servit
également d'épaule sur qui se reposer dans les
moments difficiles, transformant son
extravagance en oreille attentive.

Sîn

Suite à ce conflit avec le Marchand de
sable , Sîn faillit perdre son titre malgré tout.
Heureusement, il a pu compter sur l'aide de
Violette et des autres qui ont plaidé pour sa
cause. Quelquefois, il rendait visite à cette
dernière par l'intermédiaire de la nuit, dans
son rêve. Pour la remercier, il la conseilla et

l'aida beaucoup dans ses débuts lorsqu'elle prenait ses fonctions d'ambassadrice.

Wendigo

Wendigo est sans doute avec Jormungand le plus grand mystère de cette histoire. Après les festivités, il s'était lui aussi évanoui dans la nature sans jamais réapparaître officiellement . Cependant, des bruits courent comme quoi il accompagnerait dans l'ombre l'ambassadrice Violette comme la précédente ambassadrice. Ses bons conseils et la sérénité qui l'accompagnaient furent d'une grande aide pour Violette.

Commencé le 2 Juin 2020
Fini le 14 Février 2021

Présentation de l'auteur

Romain âgé de 15 ans a écrit ce livre avec passion.

Né à Bordeaux, il est lycéen en seconde.

Lecteur de fiction, son imaginaire débordant lui dicte ces pages.

Il choisit d'écrire sur papier car il aime beaucoup l'écriture et le tape à l'ordinateur dans un second temps.

Il rêve de devenir écrivain.

Soucieux de bien faire, il espère que ce livre vous a plu !